Koffer voller Kapriolen

KAREN SELL

Koffer voller Kapriolen

Bibliografische Information der Deutschen Nationalbibliothek
Die Deutsche Nationalbibliothek verzeichnet diese
Publikation in der Deutschen Nationalbibliografie; detaillierte
bibliografische Daten sind im Internet über http://dnb.dnb.de
abrufbar.

Lektorat und Korrektorat: Sascha R. Sell

Satz, Umschlaggestaltung, Herstellung und Verlag:
Books on Demand GmbH, Norderstedt

ISBN: 978-3-7583-8587-2

Inhalt

1

Drachen und Feuerspucker

Ich habe Freunde in der Sonne besucht. Es war wunderbar. Viel Spaß, schöne Gespräche, lautes Lachen und wunderbar erfrischendes Schwimmen im Meer.

Und Sonnenbaden.

Ein klitzekleines bisschen nur.

Ich habe die Liege zur Sonne gedreht, die Augen geschlossen und die Stille genossen. Ab und an riefen meine Freunde, ich solle lieber in den Schatten kommen, aber Schatten habe ich zu Hause. Ich blieb auch gar nicht lange liegen, zwanzig Minuten vielleicht oder eine halbe Stunde. Es war so bequem. Und ein leichter Wind machte das Ganze zu einer ausgesprochen entspannten Angelegenheit.

Als ich später mit putenkehllappenrotem Gesicht ins Haus kam, rissen meine Freunde die Augen auf und waren nah dran, ein Foto für ihre Sammlung besonderer Kuriositäten und Absonderlichkeiten zu machen. Ich konnte es knapp verhindern. Natürlich nahm ich die Schadenfreude in ihrem Gekicher wahr. Ja doch, sie hatten mir ausdrücklich nahegelegt, in den Schatten umzuziehen.

Eine Weile dachte ich noch, es seien trotzdem richtig gute Freunde, mitfühlende, die mich angesichts meines schmerzhaften, nun rot leuchtenden Gesichts bedauerten. Ich dachte das allerdings nur so lange, bis uns dieser kleine

Junge auf der Strandpromenade begegnete. Schnurstracks lief er auf mich zu.

»Weißt du was?«, begann er munter, und ich fragte mich, warum er ausgerechnet mich als Gesprächspartnerin erkoren hatte. Vielleicht hatte er aber instinktiv erkannt, dass ich kleine Kinder sehr gern mag, sie ernstnehme und ihnen aufmerksam zuhöre.

»Was denn?«, fragte ich höflich nach.

»Da drüben, da zuhaus«, er zeigte auf ein Reetdachhäuschen an der nächsten Straßenecke, »da haben wir einen Drachen, einen tollen Drachen.«

»Oh«, gab ich mich erstaunt und hakte nach: »Einen Drachen zum Steigenlassen oder ein Tier?«

»Einen richtigen Drachen«, erläuterte er und ließ keinen Zweifel daran, dass das Untier feuerrote Flammen spucken konnte.

»Au weia«, zeigte ich mich ängstlich. »Der ist bestimmt gefährlich!«

»Nein«, lachte mich der Kleine aus. »Das ist nur ein Spielzeugdrachen«, rief er laut und hüpfte fröhlich von dannen.

Na Gott sei Dank, dachte ich und lächelte dem Kleinen selig hinterher. Und dann spürte ich, wie meine Freundin Kathrin mich frech von der Seite ansah.

»Was?«, fragte ich.

Sie wisse genau, gab sie sich oberschlau, warum der Knirps ausgerechnet mit mir das Gespräch gesucht habe.

»Und warum?«, fragte ich ungehalten. Ich ahnte Übles, weil sie doch ein wenig hämisch grinste.

»Als er dich und dein feuerrotes Gesicht gesehen hat, konnte er gar nicht anders, als an seinen grimmigen, furchterregenden Drachen zu denken.«

Sie lachte schallend.

Empört sah ich sie an, meine Zornesfalte glühte. Die Blöde. Die soll mal froh sein, dass ich nur ein rotes Gesicht habe und nicht Feuer spucken kann. Das würde nicht gut für sie ausgehen, das steht aber fest.

―――――

2

Ein Geist im Tank

Schlimm genug, dass ich ein neues Auto brauchte. Mein altes war mir ans Herz gewachsen, vor allem wegen der Farbe. Nein, es geht hier keineswegs darum, ein Frauenklischee zu erfüllen. Aber mein Auto war bicolor. Unten glänzte es cremefarben und das Dach leuchtete in einem brillanten Rot. »Vanillepudding mit Himbeersaft« nannte ich es liebevoll. Aber auch Pudding ist vergänglich. Je weiter die Kilometerzahl nach oben kletterte, umso unruhiger wurde ich. Der Motor hatte inzwischen einen unverwechselbaren, ureigenen Sound. Unter Tausenden Autos hätte ich ihn mit geschlossenen Augen herausgehört. Immer wieder zögerte ich den Abschied hinaus, obwohl ich längst wusste, dass unsere Trennung kurz bevorstand. Schließlich war da noch mein Garagennachbar. Der zog beim Klang dieses einmaligen Motorensounds alarmiert seine Augenbrauen hoch. Und er rang sichtlich um Fassung, als ich bemerkte, dass Probleme, die von selbst kommen, auch von selbst verschwänden.

Es half nichts. Ich musste in den sauren Apfel beißen und mich von meinem geliebten »Vanillepudding mit Himbeersaft« verabschieden. Nun sollte es schnell gehen. Ich hatte nur wenige Vorgaben im Kopf. Zuallererst musste das neue Auto einfach in seiner Bedienung sein, wobei … was konnte schon schwierig werden? Ich habe im Laufe meines langen Lebens schon hinter vielen Lenkrädern gesessen. Es gab wichtigere Kriterien, zum Beispiel, dass das Auto auch hinten Türen hat, damit Mama und Papa einsteigen können, statt mit akrobatischen Verrenkungen die Rückbank zu erklimmen. Der Kofferraum sollte geräumig und ein Kaffeehalter vorhanden sein. Und gratzegrün dürfte das Auto sein oder sonnengelb oder metallisch leuchten. Wieder zweifarbig wäre hübsch, gern auch drei- oder vierfarbig.

Nun. Es wurde ein graues. Ich liebe es jetzt schon sehr, nicht zuletzt wegen seiner Zuverlässigkeit und seiner einfachen Bedienbarkeit. Ich habe auch erst ein einziges Mal versehentlich den Notruf betätigt, als ich versuchte, während der Fahrt das Innenlicht einzuschalten. Mit dem Außenlicht hadere ich noch ein wenig. Es leuchtet selbst dann, wenn ich das Licht gar nicht anschalte. Aber das muss so. Ich komme mit dem Fensterheber klar, habe herausgefunden, wann sich die Scheibe nur ein Stück weit herabsenkt und wann sie komplett in der Versenkung verschwindet. Ich kriege auch noch raus, wann der Blinker nur dreimal und wann er dauerhaft blinkt. Ein tolles Auto. Voller Wunder der Technik. Aber ich bin ja auch eine so intuitive Anwenderin von Technik. Liegt mir irgendwie im Blut.

Nun blinkt es orange, der Tank leert sich. Ich stehe an der Tanksäule, wie tausend Mal schon in meinem Leben. Intuitiv drücke ich auf die Tankklappe. Sie öffnet sich nicht. Ich drücke rechts und links, oben und unten und mittig. Komisch. Obwohl niemand da ist, fühle ich mich beobachtet. Ich knete die Tankklappe durch, wie ich sonst nur Hefeteig knete. Langsam wird mir die Sache peinlich. Ich sehe mich unauffällig um, strecke so beiläufig wie möglich den Kopf in die Luft und pfeife ein Liedchen. Hurtig springe ich ins Auto und sause heim. Bis nach Hause schaffe ich es mit dem Benzinrest locker. Vor der Garage stehend, greife ich ins Handschuhfach und zücke die Bedienungsanleitung. Dort ist der Vorgang des Tankens exakt beschrieben, angefangen mit der Öffnung des Tankdeckels. Ganz genauso war ich vorgegangen. Ich will es noch einmal probieren, steige aus, drücke auf den Tankdeckel und fixdiwux federt die Klappe auf. Na, so was!

Am nächsten Tag rolle ich frohgemut auf die Tankstelle, habe schon voller Zuversicht den Zapfhahn in der Hand und drücke auf die Tankklappe. Nix. Das kann doch nicht wahr sein. Wütend sperre ich das Auto wieder auf, lasse mich auf den Beifahrersitz fallen, ziehe die Anleitung aus dem Handschuhfach, nur um noch einmal zu lesen, dass ich alles richtig gemacht habe. Ich probiere es erneut, und fixdiwux federt die Klappe auf. Staunend schüttele ich den Kopf, mache aber kein großes Bohei, tanke, zahle und verschwinde. Kurzzeitig denke ich noch, es könnte vielleicht eine Schraube am Scharnier verklemmt gewesen sein. Als mir das Ganze aber ein drittes Mal passiert, bin ich überzeugt, dass es spukt. Unheimliche Kräfte sind am Werk. Da sitzt ein Geist in meinem Tank und hält von innen die Klappe zu. Das steht aber mal sowas von fest!

Weil gerade kein parapsychologischer Experte in der Nähe ist, erzähle ich meinem Lieblingssohn von meinen rätselhaften Erlebnissen an der Zapfsäule. Er lässt mich gar nicht ausreden. Ob das Auto verschlossen gewesen sei, als ich versucht habe zu tanken, will er wissen. Mehr muss er gar nicht sagen. Es fällt mir wie Schuppen von den Augen. Verflixte Technik. Wer ist und warum überhaupt

auf die Idee gekommen, Tankverschlüsse mit der Zentral-
verriegelung zu koppeln?

Ach, wie anders war doch alles damals – zu Zeiten von
»Vanillepudding mit Himbeersaft«.

———————

3

Menschen, Masken, Milch und Rampen

Es soll ja Menschen geben, die können einen Trecker nicht von einem Auto unterscheiden. Mein Papa gehört eigentlich nicht zu diesen Menschen. Er ist nämlich Bauer. Aber er ist über neunzig Jahre alt, da können Dinge passieren. Ich würde ihm ja von Herzen gönnen, den lieben langen Tag mit anderen alten Männern auf der Milchrampe zu sitzen und den lieben Gott einen guten Mann sein zu lassen. Aber das geht nicht. Mein Vater hat nämlich erstens Hummeln im Hintern und zweitens gibt es keine Milchrampe mehr bei uns im Dorf. Wer weiß überhaupt noch, was das ist? Wer kann sich erinnern, dass die frisch gemolkene Milch früher in große Metallkannen geschüttet wurde, die dann zum Sammelplatz gebracht werden mussten, bevor der Laster von der Molkerei sie abholte? Was für eine Plackerei! Ich erinnere mich noch genau, dass meine Mama einmal eine nagelneue, große, grüne Holzkarre zum Geburtstag bekommen hat. Nun konnte sie die Kannen ganz komfortabel zur Rampe schieben. Manchmal durfte ich währenddessen vorn auf der Kante sitzen und meine Beine baumeln lassen. Was für ein Spaß! Und wie sehr hat Mama die Karre gefallen. Ach ja, Zeiten ändern sich. Früher löste ein Geschenk Begeisterung aus, wenn es sich dabei um ein praktisches

Arbeitsgerät handelte. Würde mir heute jemand ein neues Schwämmchen schenken, mit dem ich Briefmarken befeuchten könnte, würde sich meine Freude im Zaum halten und ich das Teil samt Geschenkpapier und Schleifenband an die Wand knallen. Es ist aber auch schon ein systemrelevanter Unterschied, ob man Briefmarken verkauft oder Kühe melkt.

Aber ich schweife ab. Zurück zu den Milchrampen, die es nicht mehr gibt und auf denen Papa deshalb auch gar nicht sitzen kann. Stattdessen sitzt er auf dem Trecker, tagein, tagaus. Grubbert, schreddert, pflügt und drillt und was sonst noch nötig ist, damit irgendwann der Weizen für die Frühstücksbrötchen im Sack ist. Wer aber den ganzen Tag lang grubbert, schreddert, pflügt und drillt, muss den Trecker auch mal tanken. Da unterscheidet sich so ein Arbeitsgerät gar nicht vom Auto. Ist der Tank erst einmal leer, fährt das Fahrzeug gar nicht mehr.

Das Tanken an sich ist ja keine große Sache. In Coronazeiten aber muss man bedenken, dass man nur mit Maske zum Bezahlen schreiten darf. Zum Glück haben ja die Autobauer der ersten Stunde an die kalten Hände der Fahrer gedacht und empfohlen, in den zugigen, verdeck- und heizungslosen Fahrzeugen Handschuhe zu tragen. Die Fächer zur Aufbewahrung eben jener haben sie gleich mitkonstruiert. Würde ich nicht schon wieder zu weit vom Thema abschweifen, würde ich mir die Frage stellen, wer in seinem Handschuhfach heutzutage neben dem Handbuch, Kugelschreibern, Quittungen und Strafzetteln, Lippenstiften, Taschenmessern, Taschentüchern und Taschenlampen auch noch Handschuhe hat. Auf alle Fälle gehören heute Masken ins Handschuhfach und auch

Papa hat eine darin liegen. Nun kam es aber zu dieser kuriosen Situation an der Tankstelle, von der Papa, geschüttelt von Lachanfällen, berichtete. Es war passiert. Das was ihm, dem Bauern, eigentlich gar nicht passieren konnte. Wie immer – von früh bis spät – war er feldwärts unterwegs, hat geackert, gerackert und kontrolliert. Und dann war der Tank leer. Also nix wie hin zur Tankstelle. Zapfhahn auf und los. In Gedanken war mein Vater vermutlich längst auf dem nächsten Acker. Tank voll. Zapfhahn in die Säule, ab zur Kasse. Schon am Eingang rief ihm die Kassiererin zu, er müsse eine Maske tragen. Das wusste er. Das fand er richtig und wichtig. Das beachtete er. Normalerweise. Aber so ein Trecker hat ja kein Handschuhfach, das rief er der Frau an der Kasse aus der Distanz heraus zu. Er habe eine Maske vergessen, weil er gerade vom Feld kam. Nun habe er leider schon getankt. Was solle er nur tun, er wollte nicht zum Zechpreller werden.

»Na gut«, grummelte die Kassiererin. »Dann kommen Sie schnell und bezahlen. Dafür kann ich aber richtig Ärger bekommen.« Das wusste mein Vater, schämte sich, entschuldigte und bedankte sich höflich.

Mit der Tankquittung in der Hand ging er wieder nach draußen. Und in dem Moment begann wahrscheinlich sein Lachanfall, von dem er sich lange nicht erholen konnte. Während er nämlich vergeblich seinen Trecker suchte, sah er sein frisch betanktes Auto, dieses Auto mit Handschuhfach, in dem eine Maske auf ihren Einsatz – zum Beispiel an der Tankstellenkasse – wartete. Ja, manchmal fährt ein Bauer nämlich auch mit dem Auto zum Feld. Und mit über neunzig Jahren kann man schon mal vergessen, mit welchem Fahrzeug man eigentlich gerade unterwegs war.

Da kann es sogar einem Profi passieren, dass er Auto und Trecker verwechselt.

Sowieso alles nur, weil es keine Milchrampen mehr gibt.

4

Nackenhaarnotfall

Immer will ich toll sein. Immer will ich, dass irgendwelche Menschen mich toll finden. Wer will das nicht? An dem schicksalsträchtigen Tag, von dem ich berichten will, wollte ich auch wieder toll sein, und ich wollte, dass mein Patenkind mich toll findet. Kann ich nicht wie andere Tanten das Kind herzlich zum Geburtstag in den Arm nehmen, ein Weihnachtsgeschenk liefern und mal zur Zeugniszeit anrufen, um mich nach den Zensuren zu erkundigen? Nein, ich muss immer noch eine Schippe drauflegen. Ich meine keine monetäre Schippe, sondern eine, die mit der Entwicklung des Kindes zu tun hat. Ich will dazu beitragen, dass das Kind Selbstvertrauen entwickelt, dass es sich geliebt fühlt und ernstgenommen. Es soll lernen, dass andere an seine Fähigkeiten glauben. Wenn das Kind Wünsche hat, die mit einem Wimpernschlag zu erfüllen sind – dann kann ich mich nicht dagegen verwehren. So einfach ist das. Außerdem ist das Kind dreizehn und ein Mädchen, es kennt sich aus mit Mode, lackierten Fingernägeln und Hairstyling. Das ist so. Und es hat – zumindest im Fernsehen – schon etliche Models über den Laufsteg flanieren und bei Heidi Klums nächstem Topmodel auch schon mal die Haarpracht zu Boden rieseln sehen. Wenn das Kind sagt, es könne etwas, dann glaube ich daran. Wenn das Kind wünscht und ich Wunscherfüller sein kann, dann bin ich das auch.

Das Kind wollte Haare schneiden.

Ich ging in mich. Was gibt's zu zögern?, forderte mich meine innere Stimme, glucksend kichernd heraus. Ich zögerte gar nicht, ich machte lediglich einen Plan. Ich liebe Pläne. Die geben dem Leben eine Struktur. Die Struktur für jene schicksalsträchtige Stunde stand innerhalb weniger Minuten. Ich würde mich auf den Badewannenrand setzen und das Kind müsse sich in die Wanne stellen, so fielen die Haare ins Porzellan. Ich würde das Nackenhaar kämmen und genau zwei Zentimeter Schnitt erlauben. Anschließend würde ich das Hinterkopfhaar abteilen, dem Kind Strähne für Strähne zur Verfügung stellen, genaue Anweisungen geben und innerhalb weniger Minuten ein paar frische Stufen im Haar haben. Danach würde ich den Kopf erst zur rechten Seite, dann zur linken legen, um das Seitenhaar in Ohrennähe gleichmäßig zu kämmen. So wäre es für das Kind ein Leichtes, die Fransen minimal zu kürzen und die Ohren nicht einmal zu berühren. Als letztes würde ich meinen Pony für den Schnitt freigeben. Ich könnte die Brille dabei aufsetzen, sie könnte als Lineal fungieren.

Als alles vorüber war, musste ich mich spöttisch auslachen lassen. Das Friseurhandwerk lerne man schließlich in Jahren. Klugscheißer. Das wusste und achtete ich. Es ging aber nur um ein paar Haarschnippel und nicht um Dauerwelle, Farbe, Kopfhautpflege oder Ondulieren.

Vor allem aber ging es sehr schnell.

Das Kind stand aufgeregt kichernd hinter mir und setzte die Schere an, ich spürte das kalte Metall in meinem Nacken. Links. Ich wunderte mich. Warum schnitt es nicht von rechts nach links der Länge nach die erlaubten zwei Zentimeter ab. Egal, mein Vertrauen war groß. Die Schnitte

waren größer. Das Kichern lauter. Als die halbe Nacken-
länge ab war, wagte ich einen voreiligen Blick in den Bade-
wannengrund und sah Strähnen, die deutlich (deutlich!)
länger als zwei Zentimeter waren. Ich fiel in das Lachen des
Kindes ein, eine reine Übersprungshandlung, die mein Ent-
setzen kompensieren sollte. Ich nahm einen Handspiegel,
stellte mich vor den Badezimmerspiegel und betrachtete
mich von hinten. Zwergenzipfelmützen zierten meinen Nacken. Eine ungleichmäßige zackige Linie, lauter Dreiecke,
wenige Rechtecke. Wäre Farbe im Spiel, könnte ich Kan-
dinsky Modell sitzen.

Wir lachten beide unglaublich viel, wir überlachten unglaublich viel. Das Kind lachte seine Selbstüberschätzung
und sein Bedauern weg und ich meine Blödheit und Naivi-
tät. Und wir lachten voller Freude über die Erkenntnis, die
wir gewonnen hatten, nämlich dass auch die dämlichsten
nennen wir es Missgeschicke es nicht ändern können, dass
wir uns sehr gern hatten.

Am nächsten Morgen marschierte ich zum Friseur.

»Nö«, sagte die Friseurin mit gleichgültigem Schulter-
zucken, »wir haben keinen Termin frei.«

»Ich könnte Ihnen mal zeigen, warum es mir so wichtig
ist«, wand ich zögerlich ein, drehte mich um und präsentierte mein Nackenhaar.

»Das ist ein Notfall!«, rief die Friseurin entsetzt aus.
»Nehmen Sie Platz!«

Ich setzte mich hin und atmete schwer. Aber schon während ich geduldig und bescheiden wartete und beschloss,
meine Haarschneideschere in den Tiefen einer Badezimmer-
schublade versinken zu lassen, ahnte ich es schon. Es wird
trotzdem nicht das letzte Malheur dieser Art gewesen sein.

Denn morgen, morgen werde ich wieder toll sein wollen.

———————

5

Hygienemalheur

Früher wurde einmal in der Woche gebadet. Nacheinander stiegen die Familienmitglieder in die Wanne. Ja, das war so. Da besteht jetzt kein Grund, die Augen zu verdrehen. Früher putzte man sich zweimal täglich die Zähne, für Haare gab es Trockenshampoo und am Waschtag kam die Kochwäsche in den Zuber.

Heute mag es andere Hygienestandards geben, aber Sauberkeit, guter Duft und ein gepflegtes Äußeres waren schon immer Indikatoren für zwischenmenschliche Chemie.

Als eine gute Freundin ihren Liebsten kennengelernt hatte und er sie zum ersten Mal zum Abendessen in seine kleine Wohnung lud, hingen auf dem Wäschetrockner fein säuberlich seine sorgfältig geschrubbten und ausgewrungenen Schlüpfer. So viel Reinlichkeit überzeugte meine Freundin. Jahrelang sind die beiden nun schon verheiratet, die Kristallhochzeit steht vor der Tür.

Früher war vieles simpler. Eine Kleiderbürste gehörte in jeden gut sortierten Haushalt und ein Kamm in die Gesäßtasche eines Mannes, der etwas auf sich hielt. Mit Essig und Zitronensäure wurde geputzt und mit altem Zeitungspapier wurden die Fenster gewienert. Heute sieht das anders aus. Ein eigener Schrank wird gebraucht für die Schnäppchen der letzten Putzparty: Clean Spüli, Shiny Orange, Fußbodensystempflegepaste. Der Spiegelschrank im Bad muss ellenlang sein, um genug Regalmeter für all die exklusiven Beauty- und Wellnessprodukte zu haben.

Ach ja, manchmal machen wir uns das Leben selbst kompliziert. Weniger kann mehr sein, das wissen wir doch eigentlich. Ein Blick in Omas Badezimmer beweist es doch. Eine Seife, eine Zahnpasta, eine Bürste. Basta. Das reicht doch. Aber auch in Omas spärlich ausgestattetem Bad kann es zu hygienischen Malheuren kommen, die man sich so nicht ausdenken kann. Ich hab es mit einem jungen Mann aus meinem allernächsten Umfeld erleben dürfen. Es hing bestimmt nicht mit der mangelnden Lesekompetenz der Jugend von heute zusammen. Vielleicht hat es mit dem Verlust lebensnotwendiger Instinkte zu tun oder mit der trügerischen Annahme, eine Tube auf der irgendwas mit »dent« steht, könne nur einem einzigen Zweck dienen. Jedenfalls trug es sich zu, dass eben jener junge Kerl nach mühseliger Farm- und Feldarbeit ein erquickendes und reinigendes Duschbad nahm, dann zur Zahnbürste griff und auf die Tube drückte. Er schrubbte und putzte so leidenschaftlich, wie er es zu Anbeginn seiner Zahnstellungskorrekturschienenzeit gelernt hatte. Er bürstete sich dem Zenit des Reinlichkeitskultes entgegen. Gib Karius und Baktus keine Chance! Die Zahnputzsanduhr war längst abgelaufen, als der junge Mann mit hochrotem Kopf in die Küche gelaufen kam. Schaumbläschen klebten wie Silikonpaste in seinen Mundwinkeln, als er die Oma mit aufgerissenen Augen fragte, was denn in der Tube gewesen sei, die im Badezimmer neben den Zahnbürsten lag.

»Kind!«, rief die Oma gleichzeitig entsetzt und amüsiert aus und presste die Hände an die Wangen. »Hast du dir etwa mit der Haftcreme die Zähne geputzt?«

Nun. Das hatte er. Die kommende Putzaktion dauerte dreimal so lange wie die vorangegangene. Der junge Mann gewann die Erkenntnis, dass Haftcreme Haftcreme heißt, weil sie haftet. Ich hingegen stellte mal wieder fest, dass früher doch manches besser war. Früher als man einmal in der Woche badete, der Liebste meiner Freundin seine Schlüpfer auf die Leine hängte, Kämme in Taschen steckten und, ja, das war nun mal so, die dritten Zähne gehörig klapperten.

6

Weihnachten zum Haare raufen

Weihnachten im Lockdown sind sehr spezielle Weihnachten, so viel steht fest. Dabei bin ich mir des Segens durchaus bewusst, dass ich mit meinen alten Eltern am Tisch sitzen kann und dass auch der Rest der Familie gesund ist. Trotzdem fehlt was, irgendetwas. Und irgendetwas stört – die Unnähe vielleicht. Hat schon mal jemand überlegt, dieses Wort zu erfinden? Jedenfalls passiert es nun, dass ich ganz allein auf meinem Sofa sitze und meinen Tannenbaum anschaue. Ich habe Zeit. Gefühlt habe ich nie Zeit, und ausgerechnet jetzt in dieser Zeit der Unnähe machen sich die Stunden und Minuten in meiner Stube breit. Ich muss ein wenig Acht geben, dass dieses schwerfällige Karussell in meinem Kopf nicht auf Touren kommt und vergangene Weihnachten in meiner Erinnerung rotieren. Ach ja, wie war das früher, als die Stubentür abgeschlossen war und dieses besondere Licht plötzlich durch die Scheibe schimmerte? Bunt verpackte Geschenke kommen mir in den Sinn, der Keksteller, der nur an Weihnachten so bunt und reichhaltig belegt war. Die Wunderkerzen funkeln am Baum. Meine Eltern versuchen, dem zweiprogrammigen Fernseher ein Bild von äsendem Wild in einer Schneelandschaft zu entlocken. Und später, die Weihnachten mit meinen eigenen Kindern, die selbstgebaute Puppenstube und die Duplo-Eisenbahn, der ich einen Elektroantrieb konstruierte, lange bevor die Firma Lego auf die Idee kam. In meinem Kopf tanzen all die Weihnachtsgottesdienste herum, die ich am Lichtschalter in der Sakristei verbrachte, weil meine Kindergottesdienstkinder das Krippenspiel aufführten.

So. Nun sollte das Karussell aber schnell anhalten. Muss ich mich jetzt mit der sternengoldenen, silberglitzernden, aber doch auch rosaroten Vergangenheit quälen? Es ist doch zum Haareraufen.

Ja, genau. Es ist tatsächlich zum Haareraufen und exakt das tue ich jetzt. Und da kann ich sie fühlen, die grauen Strähnen, den Ansatz, Spliss – und das an Weihnachten. Nur weil die Friseure geschlossen haben und ich sowieso nie Zeit habe – außer gerade jetzt. Ich könnte ja mal in den Schubladen meines Badezimmerschrankes kramen. Gesagt, getan. Eine ziemlich alte Haartönung taucht auf, aus Zeiten, in denen ich noch selbst mein persönlicher Colorist war. Haben Tönungen eigentlich ein Verfallsdatum? Und warum Kupferrot? Mein Haar und ich hatten uns doch längst darauf geeinigt, dass mich ein hübsches Blond jung und dynamisch aussehen lässt. No risk, no fun. Ich lasse mir einen ordentlichen Schwall Wasser über den Kopf laufen, reiße die Verpackung auf und ziehe die Handschuhe über. Das Zeug, das kupferrote, ist schnell zusammengeschüttelt und Scheitel für Scheitel ziehe ich das Fläschchen übers Haar und drücke Flüssigkeit raus. Als die Flasche leer ist, knete ich wild und wüst in meinen Haaren herum, als könne das eine Methode sein, jedes einzelne Haar zu erwischen. Während Farbe und Developer einwirken, male ich mir aus, in welcher Pracht meine Mähne leuchten wird, wenn ich mein Werk vollendet habe. Kupfer, warum nicht? Passt doch auch irgendwie zur Weihnachtszeit. Nach geduldig ertragenen zwanzig Minuten spüle ich das Zeug wieder aus und meine Badewanne verpasst die einmalige Chance in exklusivem Kupferglanz zu erstrahlen. Stattdessen scheint eine Maische aus Vogelkirschen und roten Trauben in die Stahlemaille zu laufen, und ich frage mich, wie sehr ich später noch schrubben muss.

Ich trockne das Haar mit einem Handtuch und wage einen ersten Blick in den Spiegel. Maische aus Vogelkirschen und roten Trauben trifft es sehr gut. Es riecht auch so. Ich greife zum Föhn. Bestimmt ändert sich alles, wenn das Haar erst einmal trocken ist. Ich nehme die Rundbürste, nutze einen Kamm und drehe Papilloten in die Haarenden. Mit fortschreitenden Aktivitäten wird das Haar zusehends heller. Ich werfe mal einen Blick in die Normfarbtafel. Kupfer finde ich gar nicht, das scheint ein Farbton zu sein, der einer Interpretation bedarf. RAL-Nummer 2005 kommt dem Endergebnis am nächsten, sie nennt sich Leuchtorange. Hätte ich die Farbe gleichmäßig verteilt, wären jetzt sicher keine dunkelbraunen Strähnchen, RAL 1817, schokoladenbraun, zwischen den apfelsinenfarbigen Haaren. Trotzdem: alles besser als vorher. Außerdem hat mein Gedankenkarussell seine Fahrten für heute eingestellt. Und hatte ich da nicht noch dieses Rezept mit den Orangen-Schoko-Plätzchen? Ich gehe dann mal in die Küche. Tja, es stimmt: Weihnachten im Lockdown ist schon sehr speziell.

7

Karpfen, Krapfen, Stichlinge

€igentlich könnte ich in diesem Jahr mal eine Tradition begründen und statt einer Tüte Krapfen einen Karpfen zu Silvester auf den Tisch bringen. In Hannover gibt's ja die besten, frisch gefischt aus dem Maschsee. Karpfen blau würde auf den Teller kommen. Das heißt, der Fisch hat noch seine Schuppen, die Schleimschicht färbt ihn blau. Wer sich eine Schuppe ins Portemonnaie steckt, habe Glück im neuen Jahr, verheißt der Aberglaube. Andererseits sind Fische im Wasser auch ein hübscher Anblick. Irgendwie noch hübscher sogar als Fische im Eimer, in der Pfanne, auf dem Teller.

Ich muss an die Stichlinge denken, die die Kinder an jenem Tag vor vielen Jahren aus der Beeke gefischt hatten. Petri Heil war mit ihnen. Ein ganzer Eimer war voll. Die Ausbeute eines einzigen Nachmittags. Es galt, die Fische gerecht unter den Fischenden aufzuteilen. Ich habe bis heute nicht verstanden, warum der Teilungsvorgang nicht am Ufer des Baches vorgenommen wurde. Stattdessen schleppten gummibestiefelte Kiddies ihre Beute in unsere Wohnung im ersten Stock. Die Stachelflosser tummelten sich derweil munter im brackigen Beekenwasser, das auf jeder Treppenstufe lustiger im Eimer schwappte und gluckste. Wo war ich eigentlich in dem Moment? Zu diesem Zeitpunkt hätte ich dem Treiben noch Einhalt gewähren können. Aber ich kam erst hinzu, als der Platz unter dem Stubentisch(!) auf dem Teppich(!) mit altem Zeitungspapier ausgelegt war und der Eimer darauf stand – in Warteposition. Ich warf einen kurzen ratlosen Blick auf das Zeitungspapier. Sollten die Fische in guter alter Verkäufermanier darin eingewickelt werden? Auch konnte ich bis heute nicht klären, warum der Platz unter dem Wohnzimmertisch für die Teilungszeremonie gewählt wurde. Ich sah nur Gummistiefel unter dem Tisch hervorlugen und hörte Bruchstücke eines Gedankenaustausches zum Thema Gerechtigkeit. Wer kriegt wie viele Stichlinge und warum? Aristoteles hätte vermutlich seine Freude gehabt, wenn ich das Tun der Kinder nicht augenblicklich unterbrochen hätte. Kann sein, dass ich damals Einfühlungsvermögen vermissen ließ. Ich hatte auch noch nicht so den Zugang zur Philosophie. Ich forderte die Kids unmissverständlich auf, ihren Eimer und die vermaledeite durchnässte Zeitung zu schnappen und die Fische meinetwegen dort aufzuteilen, wo der Pfeffer wächst, aber auf keinen Fall auf dem Teppich in der Stube. Auch nicht unterm Tisch. Punktum! Am Ende schien sich eine eindeutige Mehrheit der Sprösslinge dafür auszusprechen, den Stichlingen die Freiheit wieder zu schenken. Schon bald konnten sich die Fischlein wieder kühlen in der hellen Wasserflut und mussten sich in Acht nehmen vor Graureihern und anderen Fressfeinden, aber nicht mehr vor abenteuerlustigen Kindern. Der Teppich trocknete wieder und der Gummistiefeldreck verschwand im Staubsauger. Meines Wissens ist aus keinem der Kinder ein Fischer geworden, keine Hobbyanglerin, nix.

Und nun gucke ich, wankelmütig, wie ich es gerne mal bin, die Karpfen an. Am Ende aber stelle ich fest, dass es überhaupt keinen Grund gibt, eine neue Tradition zu begründen. Petri Heil, liebe Maschseefischer, aber ich bleibe doch bei meinen Krapfen. Wie immer kommt nun eine Tüte süßer Gebäckstücke auf den Tisch. Und dann probiere ich es einfach mal und streue mir ein paar Zuckerkrümel ins Portemonnaie. Dolce vita. Zucker ist süß und schmeckt lecker. Ganz bestimmt bringt er jede Menge Glück im neuen Jahr.

8

Was für ein Drama!

W er kennt sie nicht, diese Situationen, in denen man gleichzeitig schreit und heult und fürchten muss, schon im nächsten Moment zu implodieren. Bislang dachte ich, gegen depressive Dramen dieser Art sei kein Kraut gewachsen. Jetzt weiß ich es besser. Das Kraut wächst sogar im eigenen Körper, genauer gesagt im Nebennierenmark. Adrenalin.

Diese Erkenntnis habe ich vorhin innerhalb weniger Minuten gewonnen. Meine Innereien kochten noch wutschäumend über und eine düstere Wolke umhüllte mich, als ich auf die Tankstelle fuhr. Ich glaubte, meine tränennassen Augen spielten mir einen Streich, als ich das Feuer sah. Aber es brannte tatsächlich. Ein großer Plastikmülleimer im Eingangsbereich. Alarmiert zog ich meine Augenbrauen hoch und sah mich um. Am Nachtschalter wartete ein etwa Vierzigjähriger darauf, bedient zu werden. Er wagte es offensichtlich nicht, sich einen Weg durch die Flammen zu bahnen. Derweil schlenderte der Tankstellenmitarbeiter, ein schlaksiger Jüngling, herbei und kippte den Inhalt eines Papp-Kaffeebechers (maximal Large, auf keinen Fall Extralarge) auf das schnell wachsende Feuer. Mein Nebennierenmark bereitete sich auf die Produktion vor. Der Vierzigjährige schaute unbeteiligt herüber. Ich wies den Jüngling darauf hin, dass das bisschen Wasser keinesfalls ausreichend war. Er zuckte mit den Schultern. Das sich bedrohlich ausbreitende Feuer schmolz ein Loch in die Seitenwand des Eimers. Der Vierzigjährige blieb wie angewurzelt stehen, die Flammen schlugen höher. Ich gab dem Schlaksigen den wohlmeinenden Rat, sich etwas zu beeilen, dies sei nämlich eine Tankstelle. Hilflos sah er mich an. Ich entdeckte den Feuerlöscher, der direkt neben ihm stand, und zeigte mit dem Finger darauf. Meine Adrenalinproduktion lief derweil auf Hochtouren. Den Vierzigjährigen versetzte die Schreckstarre in vollkommene Bewegungsunfähigkeit, in einen plötzlich auftretenden Schlafzustand sozusagen. So etwas gibt es bei Säugetieren. Ich rannte zur Tanksäule und holte die Wasserkanne, die immerhin zu zwei Dritteln gefüllt war, lief zurück und kippte den Inhalt in die Mülltonne. Gleichzeitig kam der Bengel wieder angeschlurft und kippte einen zweiten Becher Wasser auf das Inferno. Wie hypnotisiert starrte er auf die hochzüngelnden Flammen. Er schien sich zu wundern, dass das Feuer trotz des Kaffeebechereinsatzes noch immer wütete. Das Adrenalin ließ mich zur nächsten Zapfsäule rasen. Ich schnappte einen Eimer randvoll mit Scheibenwischwasser. Damit ertränkte ich das Feuer endgültig.

»Danke«, murmelte der Jüngling und sah erst schulterzuckend zu dem unbenutzten Feuerlöscher und dann zu dem geschmolzenen Plastikhaufen und den verkohlten Überresten des Mülleimerinhalts. Anschließend schlafwandelte er zum Nachtschalter, um dem Vierzigjährigen, der langsam aus seiner Starre erwachte, sein Getanktes abzukassieren.

Dann war ich dran mit Bezahlen. Der Knabe nickte bedächtig mit dem Kopf und meinte, er müsse nun ordentlich lüften. Das stimmte, der ganze Raum stank beißend nach Rauch. Ja, dachte ich, freu dich. Du musst nur ordentlich lüften. Wäre Superwoman Karen nicht gewesen, dann hättest du nicht mehr lüften müssen, dann wäre jetzt vielleicht gar keine Tankstelle mehr da. Und dann dachte ich noch kurz, dass das ein echtes Drama hätte werden können.

Wenn jetzt mein Inneres schon wieder kurz vorm Implodieren steht, dann nur, weil diese kleine Schnarchnase nicht in der Lage war, einen Feuerlöscher zu bedienen und die andere Schnarchnase so ungehindert den Totstellreflex ausprobieren konnte.

9

Von der, deren Namen ich nicht nennen will

E s geht um Fred. Und es geht um den Trugschluss, dass jeder immer wissen möchte, wer mit wem ins Bett geht. Weiterhin geht es um den Moment, als die, deren Namen ich aus Diskretionsgründen nicht nennen will, ausplapperte, schon einmal einen Fred im Bett gehabt zu haben. Schon in dem Moment, als ihr das herausrutschte, wusste sie, dass ich gar nicht anders konnte, als die Geschichte aufzuschreiben. Da ging das Gekicher schon los.

Eigentlich ging es allerdings um einen Maulwurf. Dem, der sich in unserem Garten breitmacht und den ich ab heute nur noch Fred nenne. Seit Monaten versuchen wir vergeblich, das Untier zu vertreiben. Nicht, dass wir generell etwas gegen Maulwürfe hätten. Ich fühle mich sogar geehrt, wenn Experten kundtun, dass sich die Graber nur in besonders naturnahen Gärten wohlfühlten, in solchen, in denen auch Regenwürmer, Larven und sonstiges Maulwurffuttergetier heimisch ist. Trotzdem: Das lästige Tier hat einen unbändigen Appetit auf Blumenzwiebeln, die, sorgfältig eingelegt in gute Erde, auf ihre Blühmomente warten. Weiterhin wirft dieser Fred in unserem Garten keine kleinen Erdhügel auf, sondern Berge, massig wie die Alpen. Die Kinder wollen aber nicht Abfahrtski laufen, sondern Fußball spielen. Sehr viele Kinder nutzen den Garten und sie können ordentlich Radau machen. Man könnte meinen, das schlüge den geräuschempfindlichen Unterweltbewohner in die Flucht. Mitnichten. Seine Haufen werden nur noch größer.

Na ja, dachte ich mir, wenn wir ihn schon nicht vertreiben können, dann nähern wir uns ihm etwas unterhaltsamer. Und so kam es, dass ich ein Spiel bestellte, das »Fred im Beet« hieß. Nun muss der geneigte Leser wissen, dass es bei der Aussprache des Namens »Fred« durchaus phonetische Unterschiede gibt. Die einen lassen Fred wie »geht« klingen, die anderen sprechen Fred wie »fett« aus. Die, deren Namen ich aus Diskretionsgründen nicht nennen will, gehört zu letztgenannter Personengruppe.

Als das Paket mit dem Spiel bei mir ankam, packte ich es frohgemut aus. Die Anwesenden nickten freundlich, sahen mich wohl schon mit den Kindern im Gras sitzen, würfeln und Pappblumen pflanzen. Aber die, deren Namen ich aus Diskretionsgründen nicht nennen will, warf nur einen flüchtigen Blick auf die Packung. Sie erkannte zwar sogleich, dass sich der kurze Spielename reimte, aber sie las nicht aufmerksam genug. Und sie las laut: »Fred im Bett«. Und dann folgte eine Art Reflex: »Einen Fred hatte ich auch schon im Bett.« Zwar wollte das niemand wissen, aber wir lachten uns trotzdem kaputt. Sie, deren Namen ich aus Diskretionsgründen nicht nennen will, lachte fröhlich mit. Ungeachtet dessen röteten sich aber auch ihre Wangen ein ganz klein wenig.

Künftig werde ich mir wohl jedes Mal, wenn ich dieses unschuldige »Fred im Beet« spiele, ausmalen, wie ein anderer Fred woanders herumwühlte, nämlich im Bett und zwar mit der, deren Namen ich aus Diskretionsgründen noch immer nicht nennen will. Und vielleicht muss ich dann jedes Mal wieder so brüllend laut lachen, dass Fred, der Maulwurf, dabei so viel auf die Ohren bekommt, dass er endlich Reißaus nimmt.

10

Natur in der Stadt

Ich bin so ein richtiger Stadtmensch, wohne ja auch in einer Großstadt. Doooch! Hannover ist eine Großstadt. Der Begriff ist schon seit 1887 klar definiert. Und außerdem ... Hey, ich bin hier, ich kann euch hören! Von wegen Provinz, jetzt mal Schluss mit dem Geläster! Hannover könnte glatt fünfmal eine Großstadt sein. Hier gibt es alles, was eine tolle Stadt auszeichnet, Theater, Museen, einen Stadtsee, einen Stadtwald, Leuchtreklame, Bars und Restaurants, Verkehrsstau, Hupkonzerte und Graffiti. So eine richtige Großstadtpflanze könnte sich hier purpurglöckchenwohl fühlen. Aber ich bin in Wirklichkeit nicht ausschließlich ein Stadtmensch, ich bin eine Hybridin. In mir schlägt auch noch das sehnsüchtige Herz des Dorfkindes. Wenn ich mit dem Rad durch die Leineauen britze, dann wandern meine wachsamen Bauerntochter-Augen aufmerksam über die Wiesen. Manchmal muss ich dann kräftig bremsen, um nicht vor lauter Kopfschütteln vom Rad zu fallen. So wie gestern.

Nach meterhohem Schneechaos, spiegelglatten Straßen und eiskaltem Wind, klopfte unvermittelt der Frühling an die hannoverschen Stadttore. Nichts wie raus! Das ist ein Leichtes in meiner Großstadt, die so grün ist, dass sogar der Bürgermeister ein Grüner ist. Da könnte man glatt auf die Idee kommen, dass auch die Menschen ein ausgeprägt grünes Bewusstsein haben. Irrtum. Das habe ich gemerkt, als ich an der Leine entlanggeradelt bin. Ich habe die dickstämmigen Kopfweiden bestaunt, beobachtete Enten und Schwäne, die sich im Fluss tummelten, während über mir Kraniche flogen. Die Sonne hatte die Wege getrocknet und das Grün gewann an Intensität.

Dann kam ich zu den Wiesen, den eingezäunten. »Mehr Natur in der Stadt« war die Überschrift der Infotafel am Wegesrand. Um Biodiversität ging es, um Umweltschutz und Umweltbewusstsein. Den Städtern und ihrem Bedürfnis nach Natur sollte Rechnung getragen werden. Ich las, dass die Wiesen extensiv gepflegt werden, um einen perfekten Lebensraum für Gräser und Kräuter, Insekten, Vögel und sonstiges Getier zu schaffen. Schön, dachte ich mir und schaute auf die Einfriedung. Wie auf dem platten Lande würde ich auch hier nie auf die Idee kommen, über den Zaun zu klettern. Aber ich bin da sowieso sehr speziell. Ich tue mich auch schwer damit, uneingeladen auf fremden Sofas zu fläzen oder mir bei unbekannten Leuten einen Kaffee einzuschenken, nur weil eine Kanne auf dem Terrassentisch steht und die Gartenpforte nicht abgeschlossen ist. Manche Menschen sind da viel unkomplizierter. Oder sie wissen bloß nicht, was für eine Bedeutung so ein Zaun hat.

Zu mehr Natur in der Stadt gehört ja wohl auch der Mensch, mögen einige denken. Und fix wird das Rad gegen den Baum geknallt, das frische Gras niedergetrampelt und die Picknickdecke ausgebreitet. Käfer gibt's hier? Wo? Kräuter? Was denn für Kräuter? Und dann dauert es nur bis zum Sonnenuntergang und auf der schönen Wiese, die für mehr Natur in der Stadt sorgen soll, liegen die weithin leuchtenden Tücher vom Pöterabwischen, die Plastikdose, die gerade noch randvoll mit leckerem Quinoa-Salat war, die Zeitung mit den News von gestern. Zeitungspapier verrottet doch, oder?

Ich versuche, es zu verstehen. Mag sein, dass ich den Menschen Unrecht tue, deren Verhalten ich in meiner Selbstherrlichkeit so verachte. Vielleicht sind sie besonders naturbewusst, wollen selbst mal erleben, wie sich Vieh fühlt, das hinter Weidezäunen begafft wird, wollen wie Heuschrecken zwischen fetten Grashalmen springen oder wie Ameisen ganz unten auf der Bodenschicht neben den Bodenbrütern herumkrabbeln.

Die Stadt Hannover will nun Ratschläge von Indigenen zum Umgang mit der Natur einholen. Das ist großartig, aber bis es soweit ist, fragt einfach mal bei den Dorfbewohnern nach. Dort soll es noch einige geben, die lesen können und außerdem wissen, was ein Zaun ist. Oder fragt einen Hybriden, so einen coolen Stadtmenschen, in dessen Brust ein Dorfkinderherz puckert.

11

Mütter und Falten

*D*as Alter eines Menschen zu schätzen ist heikel. Setzt man es, besonders bei sehr jungen, zu gering an, ist Stirnrunzeln wohl die mildeste Reaktion. Veranschlagt man zu großzügig, erntet man mit Sicherheit Empörung. Ich bin da keine Ausnahme. Als ich dereinst auf der Konfirmation meiner Jahre jüngeren Cousine gefragt wurde, wann ich denn konfirmiert würde, war ich hochgradig brüskiert. Als meine Spanischlehrerin mich permanent korrigierte, mein Sohn könne ja wohl kaum »doce«, zwölf Jahre alt sein, zwei hieße »dos« auf Spanisch, da habe ich immerhin schon geschmeichelt geschmunzelt.

Ich selbst hab schon mal – aus reiner Fürsorglichkeit – einem wildfremden jugendlichen Hüpfer die Kippe aus dem Mundwinkel gezogen und mir seinen Ausweis zeigen lassen. Der Schnösel war über zwanzig und hat es sichtlich genossen, mir seinen Pass unter die Nase zu halten. Er hatte Humor – und ich wohl eine ordentliche Portion Glück.

Der Eindruck meines Alters hat in orkanböenartiger Schnelligkeit Dekaden übersprungen. Von der Spanischlehrerin zu dem Typ, der mir ungefragt im Bus Platz machen wollte, war es nur eine marginale Zeitspanne. Nun fragen mich dauernd Leute, wann ich denn in Rente ginge – ist mir auch nicht recht.

Ich wette, meine Kundin Grace hat sich mit solchen

Belanglosigkeiten noch nie rumschlagen müssen. Sie wirkt durchgehend jung und jugendlich mit ihrem dunklen, glatten Teint. Das liegt am Melaninreichtum ihrer Haut. Die Sonne kann ihr nicht so einfach Runzeln und Falten ins Gesicht drücken. Ihr Alter lässt sich wirklich schwer schätzen. Ich mag Grace gern. Als ich sie kennenlernte, hatte sie etwas Chaos in ihrer privaten Buchführung. Sie kam mit ihrer Tochter, die nur wenig älter ist als meine achtjährige Enkelin. Die Tochter sprach besser deutsch als Grace. Gemeinsam haben wir Kontoauszüge sortiert, ich habe eine Mappe angelegt und Grace ein paar Tipps gegeben. Inzwischen läuft die Sache rund. Sprachlich kommen wir auch perfekt zueinander und ich verstehe Grace bestens, wenn sie two-hundert oder drei-hundred Euro abheben will. Das Schönste ist allerdings, dass Grace mich immer anstrahlt, wenn sie kommt und: Sie nennt mich Mama. Selbst wenn sie nebenan am Schalter steht, lächelt sie zu mir herüber und erklärt meiner Kollegin, ich sei ihre Mama. Das behagt mir schon bannig. Die Familie kann ja nie groß genug sein, verwandt sind wir ohnehin alle irgendwie.

Gestern aber hat sich meine Begeisterung schlagartig eingetrübt, so richtig, mit fetten Gewitterwolken sozusagen. Zum ersten Mal benötigte ich für einen Vorgang Grace' Ausweis und da sah ich ihr Geburtsdatum. Meine Rechenschwäche hatte sich schlagartig verdünnisiert. Nie ist sie da, wenn man sie braucht. Ich hatte auf den ersten Blick erkannt, dass Grace fünfundfünzig Jahre alt ist. Fünfundfünzig! Ihre Tochter war elf, vielleicht zwölf Jahre alt. Grace ist eine alte Mutter. Das ist ja nicht weiter schlimm. Aber bitte, ich bin einundsechzig, sechs Jahre älter als

Grace. Wieso sagt diese Frau Mama zu mir? Was glaubt die denn, wie alt ich bin?

Ich habe tief, sehr tief durchatmen müssen. Aber dann habe ich mich wieder eingekriegt. Mancherorts in Afrika nennt man Frauen, die Kinder haben, grundsätzlich Mama. Eigentlich etwas sehr Schönes. Ein nigerianisches Sprichwort sagt, dass es ein ganzes Dorf braucht, um ein Kind zu erziehen. Welch schöne Vorstellung, die einen geben etwas Verantwortung ab, die anderen übernehmen welche. Für diesen Zweck kann es ja wohl gar nicht genug Mütter auf der Welt geben.

Und dann spielt weder das echte Alter noch das scheinbare eine Rolle, dann geht es nämlich nur noch um das Alter des Herzens.

———

12

Keine Oma

Sie sind etwa so alt wie meine Enkelkinder, die beiden »Babys«, die ich gestern sitten durfte. Wir waren im Zauberwald, hatten viel Spaß und fuhren grad nach Haus, als plötzlich die Frage aufkam, wer ich eigentlich sei. Es ging um die Beziehung, in der wir zueinander standen. Es war schnell geklärt, dass mein Sohn ein Freund ihres Vaters ist, so dass ich da eine Freundmama bin. So weit so gut. Aber was war ich für sie? Eine Tantenoma, sagte ich und fand das eine sehr gelungene Wortschöpfung. Auf der Rückbank brach gurgelndes Gelächter aus. Dachte ich zunächst, es ginge um das lustige Wort, wurde ich schnell eines Besseren belehrt: »Du bist doch keine Oma!«

Ich warf kurz einen Blick in den Rückspiegel auf mein faltenfreies Gesicht und meine blond gefärbten Haare und fühlte mich geschmeichelt. Dennoch wollte ich bei der Wahrheit bleiben und erinnerte die beiden Mäuse an meine Enkelkinder, die sie gut kannten. Sie wussten doch genau, dass ich eine Oma war. Aber nein, das Schenkelklopfen hinter mir ging munter weiter.

»Keine Oma! Du bist doch keine Oma!«

Na gut, dachte ich mir, dann sagt es mir! Sprecht über Jugendlichkeit, über Dynamik, Vitalität und Fetzigkeit. Und so nahm ich die Herausforderung an und fragte mit fröhlichem Singsang in der Stimme: »Warum kann ich denn keine Oma sein?«

Die Antwort entsprach nicht ganz meinen Erwartungen. Im Gegenteil, sie ließ mich – im fahrenden Auto konzentriert hinterm Lenkrad sitzend – ratlos zurück. Das prustende Gelächter auf der Rückbank wurde nur kurz unterbrochen und zwar für die lakonische Feststellung: »Omas können doch nicht Auto fahren.«

Wie bitte? Was ist los? Hat hier jemand den Rückwärtsgang eingelegt oder bin ich in eine Zeitmaschine geraten? Wer erzählt den Kindern von heute denn solche Dönekens? Die Behauptung, Omas könnten nicht Auto fahren, war schon überholt, als ich so alt war wie meine kleinen Hinterbänkler. Meine Oma konnte nicht nur Auto fahren, sondern Lastwagen. Vollbeladen mit Schweinen donnerte sie schon vor hundert Jahren mit ihrem Chevrolet-Viehtransporter über Hannovers Kröpcke.

Um zu zeigen, was Omas so alles können, nehme ich mir vor, das nächste Mal mit dem Motorrad zu kommen, wenn ich die Kinder besuche. Aber wahrscheinlich lachen sie sich dann wieder kaputt, weil eine Oma doch nur im Hühnerstall Motorrad fährt. Manche Fakes halten sich eben hartnäckig neben den offenkundigen Fakten. Ich weiß jetzt schon, dass es im Gnickern und Gackern der Kinder untergehen wird, wenn ich aus voller Kehle den Refrain trällere: »Oma ist 'ne ganz patente Frau.«

———

13

Fabelwesen

Die Sache mit dem Tier trug sich vor vielen Jahren zu, in einem Sommer, der heiß und dessen Nächte lau waren. Die Jungs zelteten im Garten. Die Luftmatratzen waren längst prall aufgeblasen und die Schlafsäcke ausgerollt. Abwechselnd schaute ich vom Balkon und aus dem Schlafzimmerfenster und beobachtete Taschenlampenpunkte, die an der Zeltplane tanzten. Getuschel und Gekicher verebbten langsam. Ich war zuversichtlich, einer ruhigen Nacht entgegenzusehen. Immerhin hatte ich bei einem der Bengel schon die Erfahrung gemacht, dass er in einen tiefen Schlummer fiel, sobald er in die Waagerechte kam. Als es endlich so weit zu sein schien, beschloss auch ich, mich zur Ruhe zu betten, ging noch fix ins Badezimmer. Gerade hatte ich die Zahnbürste im Mund, die Pasta schäumte tüchtig, als es Sturm klingelte. Ich hatte mich getäuscht, die Rabauken waren längst noch nicht in der Waagerechten gewesen. Müde öffnete ich die Tür und hörte aufgeregte Stimmen im Treppenhaus.

»Karen, Karen, komm schnell! Los, schnell!«

In mir klingelten sämtliche Alarmglocken. Schnell schlüpfte ich in Schlappen und schlurfte und schlitterte die Treppe hinab.

»Was ist passiert?«, rief ich, während mein Herz raste, mein Blutdruck stieg und mein Atem flach wurde.

»Im Garten sind weiße Mäuse ohne Schwänze«, kam die hysterische, adrenalingeschwängerte Antwort. Amüsiert zog ich die Stirn in Falten. Mein Sympathikus übergab den Staffelstab wieder an den Parasympathikus.

»Soso«, erwiderte ich gelassen, »weiße Mäuse ohne Schwänze …«

Geduldig ließ ich es mir gefallen, dass mich die Bande in den Garten zerrte, um mir gleichzeitig furchtsam und tollkühn die wunderliche Sensation zu präsentieren: ein verhuschtes Fellknäuel an der Hauswand. Eine weiße Maus – ohne Schwanz. Eine einzige. Aufmerksam suchten wir im Finstern nach den anderen Fabelwesen, konnten aber keines mehr entdecken.

An Schlaf war in dieser Nacht nicht mehr zu denken. Ich bin keine Faunologin oder wie sich Leute nennen, die sich mit Tieren auskennen, aber dass dieses schwanzlose weiße Tier mit seinem mitleidsheischenden Blick Schutzes bedurfte, war offensichtlich.

So kam es, dass es noch in jener Nacht in einen alten Vogelkäfig zog und sich von den Kindern verwöhnen ließ. Am nächsten Morgen brachte ich es zum Tierarzt, der sich auszukennen schien. Das Fabelwesen sei nichts anderes als ein Hamster, bekundete er. Doch! Ich kenne Hamster, aber keine weißen mit zotteligem Fell und Dackelblick. Der Tierarzt konkretisierte, das sei ein sehr alter Hamster, ein kranker Hamster, der sehr träge sei.

Nun, ich will an dieser Stelle nicht näher auf die Kompetenz des Veterinärs eingehen. Nur so viel: Einige Tage später schaute mal wieder ein Kind in den Vogelkäfig und fragte, was das denn für Würmer seien, die da im Käfig krabbelten. Wie bereits erwähnt, ich bin keine Fachfrau, trotzdem war ich sofort im Bilde, wusste was passiert war. Dem Tierarzt war eine krasse Fehldiagnose unterlaufen. Es war kein alter Hamster, sondern eine junge Hamsterin. Er war nicht krank. Sie war gesund. Er war nicht träge. Sie war tragend. Unser Fabelwesen hatte Nachwuchs bekommen. Und plötzlich hatten wir eine Hamstergroßfamilie, die uns mächtig auf Trab hielt, in jenem Sommer, der heiß und dessen Nächte lau waren.

———————

14

Hauskauf mit Folgen

Nie hätte ich gedacht, dass mir der Kauf eines Hauses wunde Knie bescheren würde. Aber jeder, der schon mal ein Haus erworben hat, kann ein Lied von den Folgen singen. Da sind aufgeschürfte Knie sicherlich das kleinste Übel. Ich nahm chaotische Zustände, Lärm und Schmutz billigend in Kauf. Ich hatte nämlich ziemlich lange suchen müssen, bis ich die passenden vier Wände fand. Besonders wichtig war mir das Dach, es sollte solide und intakt sein und nicht schon kurz nach dem Kauf eine Sanierung erfordern. Auch bestand ich auf einer massiven Bauweise. So etwas zahlt sich aus, dachte ich zähneknirschend, als ich mit dem Preis konfrontiert wurde. Schlussendlich war noch die Standfestigkeit entscheidend, schließlich musste es auf meiner Balkonbrüstung befestigt werden.

Ach so, erwähnte ich, dass es sich bei dem Häuschen um einen Nistkasten handelte?

Zunächst ging es ehrlich gesagt nur um eine Art Alibi. Was konnte ich schon für sich angeblich verringernde Vogelbestände? Ich bot ja eine Herberge an.

Schneller als gedacht wurde das Häuschen dann aber okkupiert. Ein nettes, junges Meisenpärchen zog ein. Es war sehr fleißig und hatte umgehend mit intensiven Renovierungsarbeiten begonnen. Auch war es sehr musikalisch, was sich aber im Rahmen hielt, ja, durchaus hübsch anzuhören war.

Dann allerdings passierte etwas, das so nicht abgesprochen war. Bei der Unterkunft handelte es sich genau genommen um einen Ein-Raum-Bau, gerade recht für ein junges Paar. Von Familiengründung war noch keinerlei Rede beim Einzug gewesen. Gleichwohl nahm die Natur ihren Lauf.

Nun weiß jeder, der mich kennt, dass mir Nachwuchs jedweder Art immer sehr am Herzen liegt. Und so stand ich dem überraschenden Geschehen nicht nur sehr schnell sehr frohgemut gegenüber, ich wurde auch sehr rücksichtsvoll. Da ging das mit den Knien los. Wie das nämlich so ist mit werdenden Eltern, sie wurden immer nervöser, und ich tat gut daran, mich nahezu unsichtbar zu machen.

Eines Tages vernahm ich ein kaum hörbares, leises Fiepen. Die Jungen waren geschlüpft. Nun konnte ich wirklich nur noch auf dem Balkon kriechen, wenn ich die jungen Eltern nicht verschrecken wollte und die dann womöglich ihre Sprösslinge vernachlässigt hätten. Ich robbte also auf allen Vieren zu meinem Komposteimer, ignorierte vollkommen verwahrloste Blumenkästen und duldete einen – ich bitte die Ausdrucksweise zu entschuldigen – beschissenen Balkon.

Indes wurde meine Langmut belohnt. Eines Morgens war das reinste Rambazamba vor der Stubentür. Die aufgeregten Eltern wurden ganz exzentrisch, flatterten unruhig hin und her und zwitscherten und tirilierten in maßlos übertriebener Lautstärke. Die Jungen wurden flügge. Dann drehen Eltern schon mal durch. Das ist so. Ich sah ein kleines vorwitziges Meisenschnäbelchen am Flugloch.

Langsam kroch ich zurück, wollte mich auf keinen Fall in innerfamiliäre Angelegenheiten einmischen.

Als ich viel später einen Blick aus dem Fenster wagte, schien es mir ruhig auf dem Balkon. Ah, dachte ich mir, ich hab mein Reich wieder für mich allein. Ich schlüpfte in meine Schlappen und trat nach draußen. Just in dem Moment hörte ich ein lautes Gefiepe, fiel instinktiv sofort wieder auf die bereits wundgescheuerten Knie, und da sah ich einen kleinen Nachzügler. Ein klitzekleines Wollknäuel mit gelber Brust und grauem Federkleid stand breitbeinig vor mir und gickelte mich mit weit aufgerissenem Schnabel keck an. Die Jugend von heute eben. Ich nahm es nicht persönlich, kroch wieder ein wenig zurück. Man muss der Jugend Raum lassen, wenn sie sich entfalten soll. Und genau das passierte dann auch. Erst kletterte das Nesthäkchen auf die untere Strebe meines Balkontisches, dann hüpfte es auf den Stuhl, schwang sich aufs Regal und flatterte schließlich auf die Balkonbrüstung.

Hilfe, nein! Pass auf! Fall da nicht runter!

Der kleine Benjamin ignorierte meine Warnungen, breitete seine kurzen flauschigen Flügel aus, flatterte wie eine singende Lerche und flog sodann selbstbewusst durch die laue Mailuft bis in den nächsten Baum.

Ich kriegte das Grinsen gar nicht mehr aus meinem Gesicht. Ich hatte dem kleinen Angeber bei seinem Jungfernflug zusehen können.

Wen kümmern bei so einer Portion Herzerwärmendem solche Banalitäten wie kaputte Knie?

15

Von halbvollen Gläsern

Es ist ja stets eine schwierige Frage, ob ein Glas halb voll oder halb leer ist. Gestern war allerdings ein Tag, an dem die Gläser bis zum Überschwappen voll waren, ein Glückstag, einer, an dem jemand richtig Schwein gehabt hat. Andrea nämlich, meine Kollegin.

Ich werde gelegentlich etwas unleidlich, wenn ich Menschen, die ich mag, eine Zeit lang nicht sehe. Deshalb lud ich während meines Urlaubs Andrea kurzerhand zu mir ein. Dass sie am späten Abend, als das Essen schon im Ofen brutzelte, vom anderen Ende Hannovers anrief, machte mich etwas stutzig. Sie fände meine Wohnung gar nicht, klagte sie irritiert. Nun, sie stand im Westermannweg, ich wohne aber im Weidemannweg. Was daran die glücklichen Umstände gewesen sein sollten? Na, ganz einfach: Wir leben im Handyzeitalter, ein Anruf, eine Erklärung und schon war sie wieder auf dem rechten Weg. Wäre sie pünktlich gewesen, hätte das mit der Hypnose des einzig freien Parkplatzes vermutlich funktioniert. Aber kaum abgelenkt, manövrierte sich eine fette Limousine in die Lücke. Pech? Keineswegs. Ich dirigierte Andrea in die Nebenstraße und wies sie an, vor meiner Garage zu parken. Nummer fünf. Perfekt.

Ein weiterer Punkt auf der Glücksskala war: Obwohl immer noch pralle Wolken über dem Weidemannweg hingen und Tropfen fielen, waren diese nur noch spärlich und klein, im Gegensatz zum Nachmittag, als ein Wolkenbruch niederging. Ja ja, es schien, als ob der Weg mit Glückkleeblättern bepflanzt war.

Zwischenzeitlich war das Essen zwar nicht mehr heiß, aber was soll ich sagen, Blätterteigtaschen mit Brokkoli und Champignons schmecken lauwarm vorzüglich. Das Glas war halbvoll. Die Weingläser übrigens auch. Ein richtig schöner Abend. Bis zu dem Moment, als Andrea kurz vorm Aufbrechen die Farbe meines grünen Garagentores erwähnte. Ich ging in mich, runzelte die Stirn und legte nachdenklich einen Finger über die Lippen. Ich war mir nicht mehr sicher, welche Farbe das Tor hat, dieses Tor, das ich mehrmals täglich öffnete und schloss, das ein wenig klemmte und quietschte. Grün? Nein, auf keinen Fall ist es grün. Wo sie denn genau geparkt hatte, fragte ich besorgt.

Sie holte aus. An einer entscheidenden Stelle hätte sie links sagen müssen, sagte aber rechts. Hui. Wo immer sie ihr Auto geparkt hatte, nicht vor meiner Garage, so viel stand fest. Wir tranken unsere gerade noch vollen Gläser leer und machten uns auf den Weg. Und als hätte es nicht schon genügend Glücksmomente an diesem Abend gegeben, stand ihr Auto fröhlich und vergnügt vor einer wildfremden Garage in der Nachbarstraße. Aus unerklärlichen Gründen trug diese ebenfalls die Nummer fünf. Den Eigentümer aber schien in den letzten Stunden seine Garage gar nicht zu kümmern. Er wollte wohl nicht rein und nicht raus. Und Andreas Auto war weder entführt noch abgeschleppt worden. Also ehrlich, was kann einen Tag noch schöner machen? Leichtfüßig und vergnügt ging ich wieder nach Haus und schenkte mir mein Glas noch einmal halb voll.

Prost, liebes Glück! Schön, dass du da bist, wenn man dich braucht.

16

God save the King

Ich stehe dem englischen Königshaus sehr nahe. Die Beziehung zwischen uns ist über vierzig Jahre alt. Damals hieß es noch »God save the Queen«. Okay, die Beziehung ist etwas einseitig, mittlerweile auch anstrengend. Ehrlich gesagt, würde ich sie liebend gern kappen, kriege es aber einfach nicht hin.

Meine Kinder und die Prinzen sind gleich alt, so etwas verbindet. Während Little Harry und Klein Wills, damals beim Five o'Clock Tea mit Queen Mum ihre Scones verputzten, saßen meine Kinder bei ihrer Uroma auf dem Küchensofa und tranken Kakao. Wir Mütter achteten immer auf gutes Benehmen unserer Kleinen. Sie waren brav, kleckerten und krümelten nicht. Nur ich kippte einmal meinen ganzen Kaffee quer über den Küchentisch. Welche Missgeschicke derweil innerhalb der Palastmauern passierten, ist nie daraus hervorgedrungen.

Ich weiß nicht, welche Gesellschaft Queen Mum noch so hatte, bei Uroma war manchmal Oma Riechers taugegen und lächelte wohlwollend meinen Kindern zu. Einmal erzählte ich von einem lustigen Erlebnis mit meinen Sprösslingen und Oma Riechers freute sich aus vollem Herzen. »Dat hett mi doch neelich …, wer hett mi dat doch gliek vertellt …?«, grübelte sie und lachte laut. Und dann fiel es ihr doch noch ein: »Natürlich, de Diana. Bei ehren Kinners war dat man jüst ok so.« Begeistert schlug sie mit der flachen Hand auf den Tisch.

Ach ja, es gab so viele Parallelen diesseits und jenseits des Kanals.

Die Jahre vergingen, die Prinzen und meine Kinder lernten Fahrradfahren, gingen zur Schule, machten Freude und auch mal Kummer. All the same.

God save the King.

Wie meine Kinder gehen auch die Prinzen inzwischen eigene Wege und ich habe auch wirklich genug mit mir selbst zu tun. Trotzdem werfe ich gelegentlich noch Blicke über Ärmelkanal und Atlantik. War ich früher durch Uromas Regenbogenpresse bestens informiert, rückt mir heute das Internet auf die Pelle. Und wie!

Die ganze Welt glaubt ja zu wissen, welch hohe Wellen das Oprah-Interview von Harry und Meghan schlug, aber niemand ahnt, welche Auswirkungen es auf mich hat. Ja, ich habe das Gespräch angeschaut. Und ja, ich weiß, wie die Algorithmen des weltweiten Webs funktionieren. Aber was nützt das beste Wissen, wenn man die Reflexe nicht kontrollieren kann. Seit dem Interview werde ich überspült mit royalen Nachrichten jedweder Art. Und dann diese Schlagzeilen, diese hypnotisierenden, magnetischen Reißer. Nein! Ich will überhaupt nichts wissen. Gar nix. Ignorieren will ich diesen Klatsch. Ehrlich. Aber mein Zeigefinger, dieser unkontrollierbare, er bewegt sich auf diese fetten Balkenüberschriften zu. Nein, schreit mein ganzer Körper, klick nichts an, klick nicht drauf! Denk an die Algorithmen. Doch schon berührt dieser unfolgsame Finger den Touchscreen. Und ein Artikel nach dem nächsten ploppt auf. Kurz erfreue ich mich noch an Bildern, auf denen die

Prinzenkinder Fußball spielen, schon ängstige ich mich, weil ein Schwarzbär in Montecito sein Unwesen treibt. Und weiter geht es, immer weiter: »Süße Neuigkeiten«, »Schlimmer Skandal«, »Ergreifende Enthüllung«, »Es wird ein Junge«, »Ein Mädchen«, »Scheidung«, »Sensation«, »Trennung und Tränen«. Ich klicke sie alle an, alle. Die Artikel vermehren sich wie rammelnde Karnickel. Dabei würde ich gern mal etwas anderes lesen, aber das geht nicht. Der Bildschirm quillt über von royalem – excuse my language – Bullshit.

Natürlich wünsche ich den Prinzen alles Glück der Erde, aus alter Verbundenheit und sowieso. Aber ich will nicht über jeden Pupquatsch informiert werden. Mir reicht es, alle halbe Jahre beim Friseur einen Artikel in der Goldenen Post zu lesen.

Lass mich endlich in Ruhe, du dämliches, garstiges Internet!

God save the King.

17

Fünftausend Gramm

Der Gasmann ist schuld und die Holländer und Christian. Sie wissen alle nichts davon, aber es ist so.

Mein schönstes Kleid, das ich zur Konfirmation meines Patenkindes anziehen wollte, spannte etwas im Hüftrondell. Ich hatte genau vier Wochen, um fünf Kilo abzunehmen. Das sollte keine große Sache sein, schließlich hatten sich diese lächerlichen fünftausend Gramm ohne viel Aufhebens auf Hüfte, Bauch und Oberschenkel gelegt und nebenbei noch lustige Winkeärmchen produziert. Was von alleine kommt, geht auch von alleine, sagt man. Trotzdem wollte ich gern etwas nachhelfen. Tagelang gab es weder Schokoladeneis, noch irgendwas zu schnökern oder gar Alkohol im Haus. Ich hatte sämtliches Suchtpotenzial prophylaktisch eliminiert.

Die Taktik funktionierte sehr gut – bis sich der Gasmann ankündigte.

Was? Vermutet jetzt schon wieder jemand, ich wollte mir ein schokolastiges und weinseliges Stündchen mit einem Kerl machen, der in meiner Wohnung ein Leck in der Gaspipeline sucht? Keinesfalls. Aber ich habe die unflexibelsten Arbeitszeiten auf diesem Planeten und brauchte einen Wohnungssitter, und dem wollte ich den Job versüßen. Nun will ich nicht auch noch dem Sitter die Schuld geben, Fakt ist aber, er hat nur drei Schokobons gegessen.

Drei Schokobons! Das ist nicht nett! Das heißt, den Wein, die drei Packungen Kekse, vier Tafeln Schokolade, die Tüte Kartoffelchips und die restlichen Schokobolschen wären verkommen, hätte ich mich nicht erbarmt.

Das war schon schlimm genug, aber dann kamen auch noch die Holländer ins Spiel. Ich mag sie. Und ich mag ihre Sprache. Das wäre eine bedeutungslose Tatsache geblieben, wäre nicht plötzlich Christian aufgetaucht und hätte seine Fortschritte beim Lernen der niederländischen Sprache vor sich hergetragen wie Dolly Buster ihre Melonen. Mich triggert so was, also nicht die Melonen, sondern Leute, die wahre Sprachtalente sind. Und was macht das mit mir? Ich lege auch los! Mitten im Gefecht mit den 5000 Gramm lerne ich Vokabeln, arbeite an der Aussprache und übe ganze Sätze.

Und nun wird es wissenschaftlich. Bevor Christian und die Holländer auf den Plan traten, funktionierte es mit dem Abnehmen; leidlich und langsam, aber immerhin. Nun hakt es. Bislang habe ich mich damit rausgeredet, dass sich mit zunehmendem Alter der Stoffwechsel verlangsamt. Diesen Unsinn habe ich mal irgendwo gelesen. Die Wahrheit liegt aber ganz woanders. Der Körper existiert ja bekanntermaßen in enger Gemeinschaft mit dem Geist. Körperliche Strapazen wirken sich aufs Gemüt aus, und genauso hinterlassen Geistestätigkeiten ihre Spuren am Körper.

Es ist ein einziger Satz, einer, den ich inzwischen fehlerfrei und auswendig sagen kann, der meine ganzen Mühen verpuffen lässt. Wer denkt sich solche Sätze aus? Kaltblütige Quälgeister, namibische Wilderer? Mein Körper kann diesen unfassbar skandalösen Satz nicht ignorieren. Er kann nicht verstehen, dass es einfach nur eine dumme Übung ist, neue Wörter zu lernen.

Niemand weiß besser als mein Körper, dass ich fast schon Vegetarierin bin, trotzdem nimmt er mein holländisches Gemurmel wörtlich und ... gibt auf!

»Fünftausend Gramm«, höre ich ihn verächtlich schnaufen, als es erneut passiert. In meiner jüngsten Übungslektion flutscht mir dieser Satz schon wieder willenlos und unbedacht aus dem Mund.

»Ik eet een olifant.«

Mein Körper schüttelt sich angewidert, mein Geist ist verwirrt und ich hänge mein schönstes Kleid resignierend zurück in den Schrank. Solange mein Körper davon überzeugt ist, dass ich einen ganzen Elefanten verputze, wird das nie was mit den 5000 Gramm.

18

Das Rübenroder-
Nachthemd — Teil 1

Ich hätte meiner Freundin Sabine ja von meinem Rübenroder-Nachthemd erzählt, um sie ein wenig zum Schmunzeln zu bringen in trostloser Zeit. Aber so? Nö! Wenn mich jemand so brackig brüskiert, kann sogar ich schmollen. Sabine behauptet, ich sei geizig. Der Grund für diese tödliche Beleidigung ist, dass ich eine einfallsreiche, begeisterungsfähige, talentierte, geschickte und nachhaltig agierende Frau bin.

Es fing damit an, dass ich von meinem allerliebsten Bettbezug erzählte, orange mit leuchtend roten Mohnblumen. Der war im Laufe der Jahre etwas fadenscheinig geworden, zerfiel Nacht für Nacht vor meinen geschlossenen Augen in Schuss- und Kettfaden. Seine Zeit war gekommen, und ich wollte der Wahrheit lange Zeit nicht ins baumwollene Antlitz schauen. Doch wohin nun mit dem guten Stück? Sollte ich Putzlappen aus ihm machen? Auf gar keinen Fall. Jahrelang lag er mir am Herzen, wärmte mich in dunkler, kalter Nacht. So etwas vergisst man nicht. So etwas honoriert man. Also kramte ich flugs Schere, Maßband und Nähmaschine heraus und nähte aus dem allerschönsten Stoff der Welt ein wunderbares Nachthemd, orange mit leuchtend roten Mohnblumen.

Das führte bei Sabine sofort zu verständnislosem

Kopfschütteln. Sie stichelte ein bisschen herum, frotzelte und fand, ich hätte mir getrost ein neues Schlafshirt kaufen können. Sie hat einfach das Prinzip der Nachhaltigkeit nicht verstanden. Gar nichts hat sie verstanden, so! Und deshalb habe ich es mir auch verkniffen, ihr von meinem Rübenroder-Nachthemd zu erzählen. Es hätte sie aufmuntern können. Aber trostlose Zeiten hin oder her, das hat sie sich selbst eingebrockt.

Ein Rübenroder ist eine landwirtschaftliche Maschine, die Rüben aus der Erde holt, falls das jemandem nicht geläufig sein sollte. Rübenroder sind kostspielige Anschaffungen und wenn so eine Maschine in die Jahre kommt und man handwerklich geschickt ist, dann ist man gut beraten, wenn man einen zweiten alten Rübenroder in der Scheune stehen hat, um ihn als Ersatzteillager zu benutzen. So macht es mein Bruder, und er ist ein Vorbild beim Thema Geschicklichkeit und Nachhaltigkeit.

Bevor ich auf die oben beschriebene ressourcensparende Art und Weise in den Besitz jenes orangefarbenen Nachthemdes mit Mohnblumen gekommen bin, hatte ich zwei identische Lieblingsnachthemden, was ein Glücksfall war. Leider war eines von minderer Qualität, was sich aber trotzdem weiterhin als ein Segen erwies. So konnte ich nämlich dem Rübenroderprinzip folgen. Immer wenn sich ein Löchlein auftat in dem einen Nachthemd, hatte ich dank des ramponierten Exemplares – meinem Ersatzteillager sozusagen – schon den passenden Flicken parat. Das Unikat, mit dem ich mich dann abends bettete, war eine Mischung aus Patchwork und Haute Couture. So etwas designt sonst höchstens Domenico Dolce mit Stefano Gabbana. Bei Dior soll es auch Vergleichbares geben.

Sicherheitshalber werde ich mir den Begriff »Rübenroder-Style« schützen lassen.

Tja, all diese Überlegungen könnten die trostlosen Tage meiner Freundin erhellen. So aber wird sie nie etwas erfahren von meinem Rübenroder-Nachthemd und meiner Nähe zu den ganz Großen in der Modewelt.

———

19

Das Rübenroder-Nachthemd — Teil 2

Ich konnte es nicht übers Herz bringen. Ich hab Sabine letztendlich doch von dem Rübenroder-Nachthemd erzählt – um sie zu amüsieren. Aber ihre Reaktion war dann ganz anders, als ich es erwartet hatte. Anstatt dass sie aus vollem Herzen zu lachen anfing, bemitleidete sie mich aus vollem Herzen. Das ist nicht nur äußert liebenswürdig, es machte mich auch nachdenklich. Eine gewisse Erotik sei doch wohl bei Schlafbekleidung wichtig, meinte sie freundlich. Immerhin könne es ja passieren, dass mich des nachts ein Arzt besuchen müsse, wegen einer bedrohlichen Magenverstimmung zum Beispiel. Sie sprach von notwendigen spitzenbesetzten Negligés.

Ich ging in mich.

Ich wollte weder auf mein orangefarbenes Nachthemd mit Mohnblumen noch auf mein Rübenroder-Nachthemd verzichten. Auf der anderen Seite eröffnete mir Sabines Einwand ungeahnte Möglichkeiten. Was, wenn sie recht hat? Was, wenn der Herr Doktor ein hinreißend aussehender, durchtrainierter Mann mit blauen Augen, vollem Haar, grau an den Schläfen, und kecken Sommersprossen im Gesicht ist. Was, wenn er Humor hätte und womöglich eine Leidenschaft für Literatur. Irgendwie hatte Sabine schon recht, da sollte man nichts dem Zufall überlassen.

Den nächsten Nachmittag verbrachte ich in der Dessous-abteilung eines Kaufhauses. Schaute an, probierte aus, sah auf Preisschilder und Waschanleitungen, hielt hoch, faltete wieder zusammen und wurde schließlich fündig. Ich erstand ein nachtblaues Satin-Negligé, welches luftig leicht meine weiblichen Rundungen umspielte. Floraler Spitzenbesatz in Belgien geklöppelt, die Seide von asiatischen Spinnern gehaspelt, die elegante Schnittführung handgenäht von französischen Designerinnen. Eine sinnliche Überraschung für nächtlichen Besuch.

Ich wusch und bügelte mein Rübenroderhemd, verstaute es sorgfältig im Schrank, und drappierte stoffgewordene Eleganz und Sexyness auf meinen Laken.

Ich war gewappnet.

Nun fehlte nur noch die Magenverstimmung.

Im Kühlschrank entdeckte ich die zwei Tage alte Pilz-pfanne, ich könnte sie noch einen Tag draußen stehen lassen und dann aufwärmen, oder ich wartete bis die Milch sauer war. Spinat, hatte ich nicht noch irgendwo alten Spinat oder obergärigen Feta? Stinkt der angeblich frische Fisch nicht schon etwas? Mir wird schon bei der Suche übel.

Mein Grübeln geht weiter.

Was nützen eigentlich all die Qualen, wenn ich im Falle eines Falles dem Medikus, dem Humorvollen, Grau-melierten den Fisch vor die Füße kotze? Ob er dann noch einen Blick für mein teures Stück Lingerie hat, dessen Spitze so sehr an meinem Dekolleté kratzt? Was, wenn er schon fünf Frauen vor mir behandelt hat, die alle mit der gleichen Absicht in einem durchsichtigem Stück Polyester steckten? Wer garantiert mir denn, dass der Blauäugige mit den nied-lichen Sommersprossen nicht gern im Bett im Kornfeld schläft und auf Mohnblumen und Baumwolle steht, weil er so ein Naturfreak ist?

Und überhaupt, was will man im Leben weniger als einen Notarzt? Der würde ohnehin nur kommen, wenn es um Leben und Tod ginge. Mit einer Magenverstimmung wählt man die 116117 und dann kommt irgendwann jemand vom ärztlichen Bereitschaftsdienst. Dafür bin ich nicht bereit. Ich hänge das Negligé an den Haken, hole mein Rüben-roder-Nachthemd aus dem Schrank, kuschele mich ein und mache es mir mit Tee, Schokolade, dicken Wollsocken und einem lustigen Buch im Bett bequem.

Ach, wie schön das Leben doch sein kann, wenn man erkennt, was wirklich wichtig ist. Ich rufe Sabine an und berichte ihr vom Kauf dieses Traums aus nachtblauer Seide. Ich muss ja nicht erwähnen, dass das gute Stück sein Dasein in der untersten Schublade meines Kleiderschrankes fristet.

20

Der Käsemann

Wenn bei uns eine Familienfeier ansteht, werden die Aufgaben vorher verteilt. Ich war diesmal für die Käseplatte zuständig. Das war gut so. Ich hatte wenig Zeit und konnte weder eine Backorgie starten noch Tische oder Stühle rücken. Käse also. Nun gut, es sollte eine schöne Platte werden mit leckeren Sorten und hübsch angerichtet. Unschlüssig wartete ich am Käsestand. Schnittkäse, Streichkäse, Camembert? Spektakulär schien mir das alles nicht. Hatte ich eigentlich schon Weintrauben im Einkaufswagen? Sollte ich Salatblätter auf die Cromarganplatte legen? Noch haderte ich mit meiner Aufgabe, starrte auf die Auslage und grummelte vor lauter Überforderung vor mich hin. Aber dann kam der Käsemann ins Spiel. Er fragte mich auffallend liebenswürdig nach meinen Wünschen. Ich schilderte mein Ansinnen und gestand ihm meine Zerrissenheit zwischen Gouda und Leerdammer. Er nickte verstehend und lächelte galant.

Er schien in mir die Kundin zu sehen, bei der er endlich mal sein gesammeltes Wissen loswerden konnte.

Ich erfuhr, dass sein französischer Bergkäse vierundzwanzig Monate gereift ist, der von Hand löffelgeschöpfte Camembert seinesgleichen sucht und der Bergkäse aus Schafsmilch im Süden Frankreichs traditionell zum Frühstück gegessen wird. Er stellte mir seinen Weichkäse wie einen guten Freund vor und empfahl, ihn mit Konfitüre zu versüßen. Er bot an, mir ein paar Scheiben Almwiesenkäse frisch vom Laib zu schneiden. Den feinen Kräuterkäse pries er wegen seiner besonderen Thymiannote an und zum würzigen Ziegenkäse im Kastanienblatt empfahl er mir ein Gläschen Feigensenf. Und bloß keine Weintrauben. Birnen wären angesagt und Löwenzahnhonig. Was war dieser Mann für ein Affineur, ein Spezialist, eine käsige Koryphäe sozusagen. Ich nahm alles. Die Käseplatte war der Hammer, unter ihr bog sich die Tischplatte. Ich bekam Komplimente, wie ich sie sonst nicht einmal für eine dreistöckige Buttercremetorte mit Fondantdecke und Marzipanrosen bekomme.

Wie ich nur dieses Meisterwerk fabriziert hätte, wurde ich gefragt und erzählte von dem Käsemann.

»Und?«, fragte meine Schwester und zog lüstern ihre Augenbrauen hoch. »Wie sieht er aus? Wie alt ist er?«

»Wer?«, erwiderte ich begriffsstutzig. »Der Almwiesenkäse? Er hat diese saftig grünen Kräuter ...«

»Der Käsemann? Wie sieht der aus? Wie alt ist er?«, wiederholte sie deutlicher werdend. Und plötzlich sah ich wieder dieses verstehende Nicken und dieses galante Lächeln vor mir. Da erst ging mir auf, was für eine gute Gelegenheit ich ungenutzt habe verstreichen lassen. Da erst ging mir auf, dass der Käsemann wohl nicht jede Kundin so auffallend liebenswürdig nach ihren Wünschen fragt.

Zwei Tage später eilte ich zurück an die Käsetheke und bedankte mich höflich noch einmal für die gute Beratung. Der Käsemann bekam rote Wangen. Leider stand seine dumpfschnutige Kollegin daneben und grinste blöd, erst den Käsemann an und dann mich. Ich harrte nur noch einen Wimpernschlag lang aus, dann schob ich schmollend meinen Einkaufswagen weiter. Währenddessen schnitt der Käsemann einer Kundin drei Scheiben Gouda und drei Scheiben Leerdammer ab.

Ich brauchte ja nix, es gab noch Reste.

———

21

Der Schweinehund weiß wohl Bescheid

Das Auto musste zur Inspektion in die Werkstatt und ich würde mit dem Rad zur Arbeit fahren müssen. Endlich gab es keine Ausreden mehr, ein Wölkchen am Himmel, ein Zwacken im Rücken oder wichtige Transportnotwendigkeiten unverzüglich nach Feierabend. Der innere Schweinehund war gefesselt und geknebelt und ich war beseelt. Frohgemut lief ich am frühen Morgen zur Garage. Der frohe Mut verließ mich allerdings abrupt, als mich auf halbem Weg der Blitz der Erkenntnis traf. Die Garage, in der mein Rad auf seinen Einsatz wartete, war verschlossen. Das war auch gut so. Gut war nicht, dass ich Dösbaddel dämlicherweise den Garagenschlüssel zur Inspektion gebracht hatte, als reichte es nicht, das Auto mitsamt Autoschlüssel abzugeben. Als ob mir die Monteure nach getaner Arbeit mein Gefährt wieder in die Garage chauffieren würden. Ich machte kehrt. Nun galt es zu improvisieren. Immerhin gab es ja den hochgelobten öffentlichen Nahverkehr. Mit dem hatte ich am Tag zuvor nach erfolgreicher Fahrzeugübergabe auch erfolgreich meinen Heimweg angetreten. Also nichts wie los. Noch während ich in Richtung Bushaltestelle peste, verspürte ich ein ungutes Gefühl. Irgendetwas fehlte. Eine Maske! Ich kramte in meiner Tasche, nix. Ich hockte mich auf den Gehweg und kippte den kompletten Inhalt meines Büddels aus. Immer habe ich eine Reservemaske oder auch zwei oder auch drei bei mir. Nur heute: nix. Jetzt bloß nicht in Panik geraten, bloß nicht ärgern, das kostet nur Energie. Ich machte kehrt. Hechelnd ankte ich in meine Wohnung im dritten Stock und holte eine Maske. Auf dem Rückweg, noch im Treppenhaus, tippte ich auf der App herum, die mir am Vortag beim Ticketkauf einen so rechtschaffenen Dienst erwiesen hatte. Sie reagierte nicht. Hundertmal drückte ich auf dem Telefon herum, schüttelte und drehte es. Die App stellte sich stur wie tausend Esel. Kurzatmig und ohne Fahrschein kam ich an der Bushaltestelle an. Ich kramte nach Kleingeld. Grade gestern hatte ich mein letztes Bargeld aufs Konto eingezahlt. Wer braucht in diesen Tagen schon Bares? Glück im Unglück, einen Zehner, meine absolut eiserne Reserve, hatte ich im Handyfach übersehen und der kam jetzt zum heldenhaften Einsatz. Ich nutzte die einzige Lücke im hannoverschen Frühmorgenverkehr, britzte über die Bundesstraße in den gegenüberliegenden Kiosk und kaufte ein Ticket. Just in dem Moment, als mein Zehner über die Ladentheke wanderte, kam der Bus um die Ecke. Ich hechtete zurück über die Straße und stolperte schnaufend die Busstufen hoch. Triumphierend hielt ich dem Fahrer meine Fahrkarte zum Abstempeln unter die Nase. Er wollte nicht stempeln. Kein Wunder, das war ja hier auch nicht die Post. Seinen Gesten folgte ich mit Blicken, entdeckte den Stempelautomat, benutzte ihn und plumpste danach auf den einzig freien Sitz. Das Fahrtwindschutzhalstuch, das ich mir für meine Radtour um den Hals geschlungen hatte, schnürte mir die Kehle ab. Hier wehte kein Lüftchen. Ich schnappatmete hinter meiner Maske, hatte aber gar keine Zeit, mich mit

Animositäten zu beschäftigen. Ich musste rausfinden, in welche Straßenbahn ich umsteigen musste, um noch irgendwann an diesem Tag auf der Arbeit einzutrudeln.

Aber dann, dann dachte ich schon voller Vorfreude an den Feierabend und ans Nachhausekommen. Das Allererste, was ich tun würde, war, meinen Schweinehund freizulassen, ihm Fesseln und Knebel abzunehmen. Er soll tun und lassen können, was er will. Er wird schon seine Gründe haben, wenn er mich allmorgendlich am Radfahren hindert und mich mit bedrohlich knurrigem Gesichtsausdruck und schlabbernasser Nase ins Auto schubst.

22

Fußstapfen

Das kennt doch jeder, die Fußstapfen der Eltern sind groß und manchmal macht es Mühe, hineinzuwachsen. Meine Mutter zum Beispiel kann wunderbar backen, ihre Spezialitäten sind Trüffeltorte und Ozeantorte und ganz besonders Nusstorte. Ich kann auch wunderbar backen, es gibt Menschen, die finden, ich solle ein Café aufmachen. Trotzdem, die Nusstortenkünste meiner Mutter werde ich nie erreichen.

Mein Vater war Viehhändler, lange bevor er Bauer wurde und Kartoffeln anpflanzte und Weizen. Um Getreide anzubauen, fehlt mir die Fläche, Kartoffeln hingegen habe ich schon reichlich auf meinem Balkon geerntet, aber mit dem Viehhandel will es noch nicht so richtig klappen. Dass ich unseren unerwarteten Hamsternachwuchs in die nächste Tierhandlung brachte, zählt kaum. Mein Vater handelte mit Schweinen.

Beinah hatte ich die Hoffnung mit den Fußstapfen aufgegeben, aber dann kam der Tag, an dem sich das Blatt wenden sollte. Bei mir auf der Arbeit stand eine ungewöhnlich große Lieferung an. Deutsche Sattelschweine und Rhönschafe. Ich traute meinen Augen nicht, ich war begeistert. Endlich, endlich hatte ich die Chance, in die echten Fußstapfen meines Vaters zu treten. Ich beschloss sofort, eine Lieferung für ihn fertigzumachen. Sattelschweine sind eine alte, robuste und fruchtbare Rasse. Ihre Färbung hat dem Tier den Namen gegeben, die schwarze Grundfarbe wird mittig von einem hellen Sattel unterbrochen. Dreihundert Kilo bringt so eine Sau auf die Waage und sie kann es locker mit zweiundzwanzig Ferkeln aufnehmen. Mein Vater konnte sich genau an seine ersten Sattelschweine erinnern. »Angler Sattelschweine gab's hier noch gar nicht«, erzählte er stolz. »Die haben wir aus Cloppenburg geholt.«

Bei den Schafen hingegen winkte er ab. »Schafe? Haben wir nix mit zu tun gehabt.« Dieser Ignoranz wollte ich begegnen und packte natürlich auch ein Schaf mit in die Lieferung. Rhönschafe sind hochbeinig und hornlos, ihr Fleisch ist mild und würzig, außerdem gelten sie als eine der ältesten Nutztierrassen Deutschlands.

Ich freute mich schon auf die Reaktion meiner Eltern, wenn die Lieferung aus der Landeshauptstadt bei ihnen auf dem Dorf ankommen würde. Ein deutsches Sattelschwein in friedlicher Eintracht mit einem Rhönschaf. »Guck mal, Papa«, stand auf der Notiz, die ich der Lieferung beilegte, »ich trete in deine Fußstapfen«.

Ich freute mich diebisch.

Ach so, weiß jemand nicht, dass ich am Postschalter arbeite? Dann muss ich wohl noch erwähnen, dass es sich um Briefmarken handelte. Eine Sondermarke, »Alte Nutztierrassen«, Block 81, für zwei Euro sechzig.

Leider waren es vorerst die letzten Wertzeichen mit Tiermotiven und deshalb musste ich meinen Viehhandel wieder einstellen, kaum dass er Fahrt aufgenommen hatte.

Meine Eltern freuten sich sehr über die Überraschung, die der Postbote in den Kasten warf, einen Brief, der mit einer tierisch großen Marke vollkommen überfrankiert war. Erst lachten sie herzlich über die Grappen, die ich im Koppe habe und später, bei einem leckeren Stück Nusstorte, schüttelten sie verwundert ihre Köpfe über mein eifriges Bestreben, ihre Fußstapfen auszufüllen.

23

Scheinbar flüssig

Einmal im Jahr gibt es ein leckeres Grünkohlessen bei Freunden. Ich freute mich. Obwohl uns nicht hunderte von Kilometern trennen, sehen wir uns viel zu selten. Nicht einmal beim Einkaufen laufen wir uns über den Weg. Heute Abend aber würde es endlich mal wieder ein Treffen geben. Mir lief schon am Morgen das Wasser im Mund zusammen. Ich hungerte den ganzen stressigen Tag lang. Ja, stressig war es tatsächlich. Nicht nur die Arbeit in der Postfiliale in der Vorweihnachtszeit ist anstrengend. Meine Einkaufsliste, der Koch-, Wäsche- und Putzplan waren lang, und ich hatte auch noch Handwerker im Haus.

Es war später Nachmittag, als ich endlich für die fleißigen Arbeiter einen Kaffee kochen konnte. Was ist ein Kaffee ohne Kuchen, dachte ich mit knurrendem Magen und sauste zum nächsten Bäcker. Mein Zeitplan war längst aus dem Takt. Ob die Handwerker vielleicht lieber etwas Herzhaftes wollten? Warum hatte ich nicht einfach gefragt? Und wäre ich nur nicht selbst so hungrig und unterzuckert, das machte mich unkonzentriert und launisch.

Die Bäckerei war mir fremd, ich musste mich erst einmal orientieren. Die Bäckereifachverkäuferin war mir auch fremd. Mein Lächeln hinter meiner Maske erwiderte sie nicht. Oder vielleicht doch, ich konnte es nicht erkennen. Ich orderte zwei Brötchen, überlegte kurz, ob das reichen würde, änderte spontan meine Meinung und wollte nun sämtliche belegte Brötchen aus der Auslage. Kuchen? Klar, Kuchen würde ich trotzdem nehmen, einen Platen, einen halben Platen, bitte. Oder doch lieber einen ganzen! Zur Not würde ich die Reste einfrieren. Die Verkäuferin fand meinen Wankelmut offensichtlich nicht sehr erbauend. Ob sie mir den Platen wohl gleich in Streifen schneiden könne, fragte ich höflich? Könne sie, aber dann würde es noch länger dauern. Sie rollte genervt mit den Augen. Auf keinen Fall wollte ich irgendjemanden nerven, es reichte, dass ich selbst genervt war, und erst recht wollte ich nicht, dass es noch länger dauerte. Danke, danke, mach ich selbst, zog ich meine Bitte schnell zurück und ließ mir noch eine Tüte mit Quarkbällchen einpacken. Wie viel sind da drin? Fünf? Ich brauche aber mindestens sieben. Erneutes Augenrollen und ein heftiges Umkippen ließ lauter Bällchen in eine größere Tüte kullern. Ging doch. Schon war ich fertig und hielt meine Bankkarte in die Höhe.

Hier konnte man nicht mit Karte bezahlen.

Nun rollte ich mit den Augen, verzweifelt, weil ich zunächst glaubte, kein Bargeld dabei zu haben. Aber dann war da doch dieser Zweihunderter, den ich vergessen hatte, auf mein Konto einzuzahlen. Triumphierend hielt ich ihn hoch.

Hier nahm man keine Zweihunderter an.

Ich konnte es verstehen. Es gibt Sachen, die macht man einfach nicht und dazu gehört es, mit einem Zweihunderter beim Bäcker bezahlen zu wollen. Wobei, von wollen konnte keine Rede sein, ich wollte schließlich unbar zahlen, wie ich es von meinem Stammbäcker gewohnt war. Was nun? Die Brötchen zurück oder den Kuchen oder alles? Vergeblich kramte ich in meinen Hosentaschen, während es in der Schlange hinter mir zu grummeln begann. Die Bäckereifachverkäuferin verwies mich an die nahe Supermarktkasse. Ich hielt meinen Schein hoch und fragte, ob er hier gewechselt werden könne. Die freundliche Kassiererin zögerte, zog grübelnd ihre Stirn in Falten und rief zur Sicherheit ihre Chefin. Meine Hoffnung wuchs. Die Chefin nahm mir den Geldschein aus der Hand, wedelte damit herum und hielt ihn gegen das Licht. Nein, bedauerte sie. Bestimmt sei mein Zweihunderter echt und ich ein ehrlicher Mensch, aber leider … und überhaupt … die Bestimmungen, es tue ihr sehr leid. Anstatt ihn mir zurückzugeben, rieb sie ihn weiterhin prüfend zwischen Daumen und Zeigefinger. Ich wich derweil den Blicken der knurrigen Wartenden an der Kasse und beim Bäcker aus. Die ungeduldigen Endverbraucher meuchelten mich mit ihren Blicken. Warum rettete mich niemand? Warum schüttelten sie alle nur fassungslos ihre Köpfe ob meiner Unfähigkeit zum Brötchenkauf. Ja, und? Dann hatte ich eben nicht das passende Kleingeld dabei. Ich schnappte mir meine Banknote zurück. Kann ja wohl mal passieren. Ich laufe gewöhnlich auch nicht mit fetten Geldscheinen durch die Gegend, aber zweihundert Euro sind auch Geld, oder? Vielleicht sollte ich den ganzen Laden leerkaufen, wie dumm ihr dann wohl alle aus der Wäsche guckt.

Mach ich aber nicht. Ich esse nämlich Grünkohl heute Abend, ätsch Mann.

Ganz plümerant im Kopf drehte ich mich um, ließ dabei versehentlich mein Portemonnaie fallen und das Wunder geschah. Da hatte sich noch ein Zwanziger versteckt. Gespielt vergnügt bezahlte ich und flüchtete aus dem Laden.

Dann hastete ich zu den Handwerkern, die sich freuten, hastete zu Dusche, Deo, Deckmakeup und saß bald darauf am Esstisch meiner Freunde. Noch bevor der Grünkohl serviert wurde, erzählten wir alle ein wenig von unserem Tag.

Mein Bäckereierlebnis behielt ich für mich.

Aber meiner Freundin, der war etwas widerfahren. »Stellt euch vor«, begann sie. »Ich hab heute was erlebt. Im Supermarkt, an der Kasse, da war so ein aufgeregtes Huhn mit einem Zweihundert-Euro-Schein, den ihr keiner wechseln konnte. Das war vielleicht ein Theater.«

Mit zusammengekniffenen Augen und aufeinandergepressten Lippen starrte ich meine Freundin an.

Sie trägt Kontaktlinsen.

Sie ist kurzsichtig.

Der Grünkohl war vorzüglich.

24

Männer

Es ist Vollmond. Ich kann nicht schlafen, und ich denke an Thomas.

Das hört sich romantischer an, als es ist. Thomas ist die große Liebe meiner Freundin. Aber Thomas spielt auch in meinem Leben als Mann eine große Rolle, und ich liebe alle Männer in meinem Leben. Liebe ist ein dehnbarer und vielseitig zu interpretierender Begriff. Ich finde, man sollte inflationär mit ihm umgehen. Das könnte die Welt zu einem besseren Ort machen.

Es gibt Frauen, die ziehen Männer an wie das Licht die Motten. Die kommen glückbeseelt tagein, tagaus mit neuen Telefonnummern nach Haus. Ganze Ordner braucht es, um die Kerle zu katalogisieren. Ich gehöre nicht zu diesen Frauen. Nicht einmal der Käsemann hat mir seine Telefonnummer zugesteckt, obwohl wir ein sehr anregendes Gespräch führten und ich sehr mit den Augen klimperte. Selbstverständlich klimpere ich nicht jeden Mann an, eine gewisse Auswahl gilt es zu beachten. Vielfalt ist nicht zu unterschätzen. Was habe ich davon, wenn ich drei Masseure und zwei Buchhalter zu meinen Männern zähle, aber gerade mal der Wasserhahn tropft? Was nützt mir ein Autoschrauber, wenn es mit der Rechtschreibung hapert, was ein Koch, wenn ich auf Diät bin? Je älter ich werde, umso mehr kommt es mir vor, als mangele es an Nachschub, und darum hüte ich meine Männer wie Schätze.

Ich bin ja durchaus eine patente Person, die einiges allein bewerkstelligen kann, aber mitunter braucht es eben Spezialisten.

Es gibt allerdings auch Gelegenheiten, in denen mich meine Männer von sich aus spüren lassen, dass sie unentbehrlich sind. Dann wecken sie Bedarfe in mir, die ich zuvor überhaupt nicht hatte. Also materielle Bedarfe meine ich natürlich.

Hin und wieder fehlt mir tatsächlich etwas, eine Kleinigkeit zumeist nur. Ein gutes Beispiel dafür ist die zweite Steckdose, die ich neben meinem Bett nicht hatte. Entweder die Nachttischlampe brannte oder ich lud mein Handy auf oder ich schrieb am Laptop und versorgte ihn mit Strom. Alles gleichzeitig war oft nötig, aber nicht möglich. Also, dieser eine kleine, nahezu winzige Bedarf war da. Aber damit ging es unweigerlich los. Ein bisschen ist es wie im erfolgreichen Verkauf – lernt man auf jedem Gaukelseminar: Nicht die Bohrmaschine wird verkauft, sondern das Loch in der Wand. Ich brauchte aber weder Bohrmaschine noch Loch in der Wand, sondern nur eine zweite Steckdose.

Es kam anders.

Mein Freund Jens, Spezialist für Wellenwiderstände, Wattmesser und Wechselströme wusste genau, was ich wollte. Ich staunte sehr, denn ich wusste es nicht.

Kurzerhand lud er mich in sein smartes Home ein und präsentierte mir, was ich wohl schon bald wollen würde. Auf seiner Terrasse wurde je nach Temperatur automatisch der Heizstrahler oder der Ventilator aktiviert. Die Jalousien gingen gleichzeitig mit Sonnenaufgang hoch und mit

Sonnenuntergang runter. Wenn es Schlafenszeit für die Kinder war, fuhr die Spielzeugeisenbahn in den Lokschuppen, und wenn Jens abends im Bett lag und vergessen hatte, das Licht im Bad zu löschen, besorgte Alexa das für ihn.

Ich staunte zwar, aber es dauerte immer noch etwas, bis sich diesbezüglich irgendein Bedarf in mir konkretisierte. Derweil kümmerte sich Jens nicht nur um meine zweite Steckdose, sondern sorgte bereits dafür, dass ich mein Licht per Fernsteuerung anschalten konnte und es wahlweise in sonnengelb, schweinchenrosa oder dunkelblau gepunktet leuchtete. Das vergessene heiße Bügeleisen würde ich künftig mit dem Handy ausschalten können, wenn ich schon im Auto saß. Die Haustürklingel konnte ich bald nicht nur hören, sondern auch sehen, und selbstverständlich brauchte ich unbedingt eine Lampe auf dem Balkon.

Der Bedarf nach diesen Bequemlichkeiten wuchs nur sehr sparsam in mir und die Arbeiten zur Befriedigung dessen nahmen ungeahnte Ausmaße an. Es dauerte etwas und ich übte mich schwerfällig in Geduld. Mein Humor blieb vorübergehend auf der Strecke. Ich war nicht einmal in der Lage, meine lustig bunten Geschichten zu schreiben, musste deswegen sogar Thomas vertrösten. Mein Herz schmerzte. Er ist nämlich derjenige, der meine Kapriolen zuverlässig in die Koffer packt.

Jaja, meine Liebe zu Thomas hat schon viel mit seiner Fähigkeit zu tun, meine Homepage zu pflegen. Aber noch mehr liebe ich seinen trockenen Humor.

Strapaziert durch meine elektrotechnisch bedingte Ungeduld schwadronierte ich etwas von der Übererfüllung meiner Bedarfe. Bald könne ich, sagte ich eine Spur zu missmutig, vom Mond aus mein Stubenlicht ausmachen.

Prompt konterte Thomas, das sei besser, als von der Stube aus das Licht des Mondes zu löschen.

Und nun ist wieder Vollmond. Ich stehe, wie wahrscheinlich tausend andere Frauen, schlaflos am Wohnzimmerfenster und heule wie ein Wolf den dicken fetten, hell leuchtenden Pfannekuchen am Nachthimmel an. Plötzlich kommt mir Thomas wieder in den Sinn. Er hat mich da auf eine Idee gebracht. Lächelnd nicke ich vor mich hin. Sobald diese Elektroarbeiten fertig sind, schnappe ich mir die Fernbedienung und probiere etwas aus. Ich bin sehr zuversichtlich. Ich wette, Jens hat eine Spezialfunktion eingebaut, mit der ich den Mond ausschalten kann. Ich bin hoffnungsvoll, Mädels. Kann sein, dass unruhefreie, schlafreiche und erholsame Nächte auf uns zukommen.

Sag ich doch, man kann nie genug Männer im Leben lieben. Aber es müssen eben die richtigen sein.

PS: Inzwischen habe ich sogar meine zweite Steckdose. Nach den Arbeiten schoben wir das Bett wieder an seinen Platz. Dabei stellte sich heraus, dass die neue Dose nun hinter dem Bett verschwand. Meine Vermutung, dass wir uns beim Planen wohl vermessen, den Zollstock vielleicht nicht ordentlich an die Wand gelegt hatten, quittierte Jens mit vehementem Kopfschütteln. »Nee, nee«, brummelte er. »Das ist die Wand, die ist ein Stück näher gerückt.« Ungläubig starrte ich das Mauerwerk an. Das wäre mir nie aufgefallen, für mich sieht alles genau wie vorher aus. Aber das ist eben der feine Unterschied zwischen Laien und Spezialisten.

25

Märchenhafte Weihnachten

*D*och, ich kenne auch eine Menge Weihnachtsfilme. Und ja, ich mag es auch, mit Freundinnen auf dem Sofa zu sitzen und eine DVD nach der anderen reinzuschieben. Ich gebe sogar zu, dass ich einen gewissen Nachmach-Reiz spürte, als ich vom Sissi-Saufen las, das heißt, die Sissi-Filme zu gucken und jedes Mal, wenn jemand »Sissi« sagt, das Glas zu leeren – es sich also wohlgehen zu lassen wie die Räuber bei den Bremer Stadtmusikanten. Aber das Filmegucken ist bei mir niemals ein wirkliches Ritual, eine unumstößliche Tradition geworden. Ich schiebe es auf all die Arbeit in der Vorweihnachtszeit. Wenn ich im Dezember gefragt werde, ob ich auch frei hätte und wann denn mein Weihnachtsurlaub sei, reagiere ich immer etwas pikiert. Als ich Kind war, hatten wir Kühe die kennen blöderweise sowieso keinen Urlaub. Dann lernte ich selbstbestimmt und aus freien Stücken den Beruf der Floristin, Hauptsaison Weihnachten. Inzwischen verkaufe ich bekanntermaßen Weihnachtsbriefmarken und schleppe Pakete auf Waagen und Wagen, die gern mal mit Wackersteinen gefüllt sind. Ich habe einfach keine Muße für Weihnachtsfilme. Das geht so weit, dass es mich beinahe eine Freundschaft gekostet hätte, weil ich »Drei Haselnüsse für Aschenbrödel« nur flüchtig kannte.

In diesem Jahr jedoch hatte die Radiophilharmonie in

Hannover ein Einsehen mit mir und lud zur Vorstellung genau jenes Films mit Livemusik. Große Erwartungen hatte ich nicht, aber inmitten der Pandemie mal wieder Musiker auf der Bühne zu erleben, versprach durchaus einen Genuss. Wie Däumelinchen in ihrer Walnussschale nahm ich gemütlich zwischen meinem Schwesterchen und unserer Freundin Petra Platz.

Aber es dauerte gar nicht lange und ich genoss nicht nur, ich ließ mich verzaubern von Karel Svobodas Filmmusik. Meine Blicke hingen an den Saiten der Harfe, suchten die Querflöten, bewunderten die Sängerin. Ich genoss die lauten Bläser genauso sehr wie all die leisen, feinen Töne und das musikalische Thema, das sich wie Rapunzels langes Haar durch den ganzen Abend zog.

Und dann war da ja noch die aufregende Handlung dieses Märchens. Mal hatte ich Tränen in den Augen wie die Müllerstochter, die dem Rumpelstilzchen ihr Kind nicht geben will, und dann wieder war ich guten Mutes wie das tapfere Schneiderlein, als es dem Riesen gegenüberstand. Ein Aschenbrödel, das natürlich hübsch war, aber auch frech und mutig. Es konnte nicht nur schießen wie ein Jäger, sondern auch reiten wie der Wind, der Wind, das himmlische Kind. Am Ende schnappte es sich den Prinzen und aus dem Aschenbrödel wurde eine Prinzessin. An der Seite ihres Liebsten galoppierte sie auf ihrem Schimmel mit wehendem Schleier über das mit Frau Holles Bettfedern bedeckte, schneeweiße Feld. Was für ein Bild!

Ich will auf der Stelle auch so reiten können, mein Schleier soll auch im Winde wehen und einen Schimmel will ich auch. Sofort. Und Harfe spielen können will ich auch und Kontrabass und Triangel. Und einen Prinzen will ich erst recht.

Ich will sofort drei Zauberhaselnüsse. Mindestens.

Naja – vielleicht begnüge ich mich erstmal damit, eine neue Tradition zu begründen.

Weihnachten ohne »Drei Haselnüsse für Aschenbrödel«?

Wo gibt es denn so was?

26

Circumstances ohne Pomp und das Lachen der Hyänen

Es gibt gewisse Umstände, die einen neue Erkenntnisse gewinnen lassen. Silvester ist für mich schon immer ein umständlicher Tag gewesen. Dauernd fordert er Ausgelassenheit und Frohsinn und dauernd klingt er mit irgendwelchen neuen Einsichten und Erleuchtungen aus. Dieses Mal musste ich nicht nur erkennen, dass ich an bestimmter Stelle Einschränkungen in meiner Toleranz habe, mit Überraschung habe ich auch festgestellt, dass ich lachen kann wie eine Hyäne.

Das Ganze hat mit einem Konzert zu tun. Silvesterkonzerte gibt es im ganzen Land. Ich muss das betonen, weil ich nicht sagen will, wo ich war. Dafür gibt es Gründe. Niemand soll am letzten Tag des Jahres in schlechtem Licht dastehen, schon gar nicht zu Unrecht und schon gar nicht meinetwegen. Nee, echt nicht. Außerdem gilt ja für Silvesterkonzerte nichts anderes als für alle Konzerte. Man sollte wissen, auf was man sich einlässt oder ein außerordentlich offenes musikalisches Gemüt haben – meines ist übrigens weniger offen, als ich bisher dachte.

Es gibt ja immer die Möglichkeit, sich im Vorfeld zu erkundigen, welche Musiker auf welchen Instrumenten welche Kompositionen spielen. Haben wir aber nicht getan, Petra und ich. Also, ich bin ja raus, hatte sowieso keine

Zeit. Außerdem hatte Petra die Idee für dieses tolle Ereignis, es aber leider, leider versäumt, die notwendige Recherche zu betreiben.

Wir trafen uns also kurz vor Beginn des Konzertes, sozusagen an der Schwelle zur Location und waren vollkommen unbedarft. Dass es noch reichlich Karten an der Abendkasse gab, hätte uns stutzig machen können. Hat es aber nicht. Im Gegenteil, wir beobachteten voller Vorfreude, wie sich der junge Pianist in seinem ungebügelten Hemd und seinen ungeputzten Schuhen ans Klavier setzte. Hochkonzentriert, der Rücken krumm, die Augen nur so weit geöffnet, dass er gerade noch die Noten erkennen konnte, schlug er in die Tasten. Ich erschrak. Der Blick in mein Programmblatt offenbarte mir – gar nichts. Nie was von den Komponisten gehört. Die blumig ausgeschmückten Erklärungen der einzelnen Stücke sagten mir nichts und zu dem Spiel des Jungen fand ich – um es mal diplomatisch auszudrücken – keinen Zugang. So wie seine Finger über die Tastatur flogen, war er sicherlich ein Virtuose zu nennen. Und es ist bestimmt eine Schande, dass wir seine Töne schräg fanden. Aber: Sie waren schräg!

Ausgewiesene Klavierexperten oder Abiturienten mit einer Eins im Leistungsfach Musik würden unsere Einschätzung sicherlich skandalös finden, aber was soll man machen? Ich hatte jedenfalls mal das Wort Harmonielehre aufgeschnappt und fragte mich, ob der junge Pianist da wohl ein paar Stunden geschwänzt hatte?

Während sich unsere schmerzenden Ohren wunderten, welch ulkige Töne einem Klavier zu entlocken sind, schmolzen alle anderen Zuschauer vor Verzückung dahin.

Was stimmte denn mit uns nicht? Kaum begannen wir zu

zählen, wie viele Werke wir noch über uns ergehen lassen müssten, wenn wir nicht voreilig und unhöflich den Abgang machen wollten, da wurde auch noch eine Zugabe angedroht. Alle, wirklich alle außer uns, klatschten sich die Hände wund und boten dem Künstler Standing Ovations, woraufhin sich der sichtlich Gerührte tatsächlich noch einmal auf seinem Klavierhocker niederließ. Endlich erkannte ich mal ein paar Töne, ein wenig klang es nach »Pomp and Circumstances«, – oder besser nur nach Circumstances, von Pomp keine Spur, jedenfalls für mich nicht. Für Petra auch nicht. Hope and Glory. Hope? Hatte ich nicht mehr. Glory? Na ja …

Nach dem Schlussapplaus waren wir die Einzigen, die drängelten, um rauszukommen. Dabei schnappten wir noch allerlei begeisterte Wortfetzen auf: »Wahnsinn«, »Spektakulär«, »Was für ein Vergnügen«.

Wir beeilten uns, die heiligen Hallen zu verlassen. Endlich draußen, liefen wir um die Häuserecke, rissen uns die Masken vom Gesicht und lachten laut wie die Hyänen, bis uns die Tränen kamen. Hyänen geben mit ihrem Lachen etwas von ihrem sozialen Status preis. Unser musikkultureller Status war an diesem letzten Abend im Jahr unter Normalnull.

Ach, schreckliche Kulturbanausen sind wir.

Wir wissen es.

Aber wir lachten nur über uns selbst und das sagt ja wohl eine Menge über unseren sozialen Status aus.

Ach, schrecklich viel Spaß hatten wir.

———

Sie finden es schade, dass das Buch schon zu Ende ist? Keine Sorge, es gibt noch mehr Kapriolen, sogar eine ganze Kiepe voll.

»Kiepe voller Kapriolen« von Karen Sell,
ISBN: 978-3-7526-1304-9